FENIMORE COOPER

LA Fille du Porte-Chaînes

TOME DEUXIÈME

20 CENTIMES

Algérie, Colonies et Etranger : 25 Centimes (*Port en plus*)

Collection A.-L. GUYOT

6 et 8, rue Duguay-Trouin — PARIS

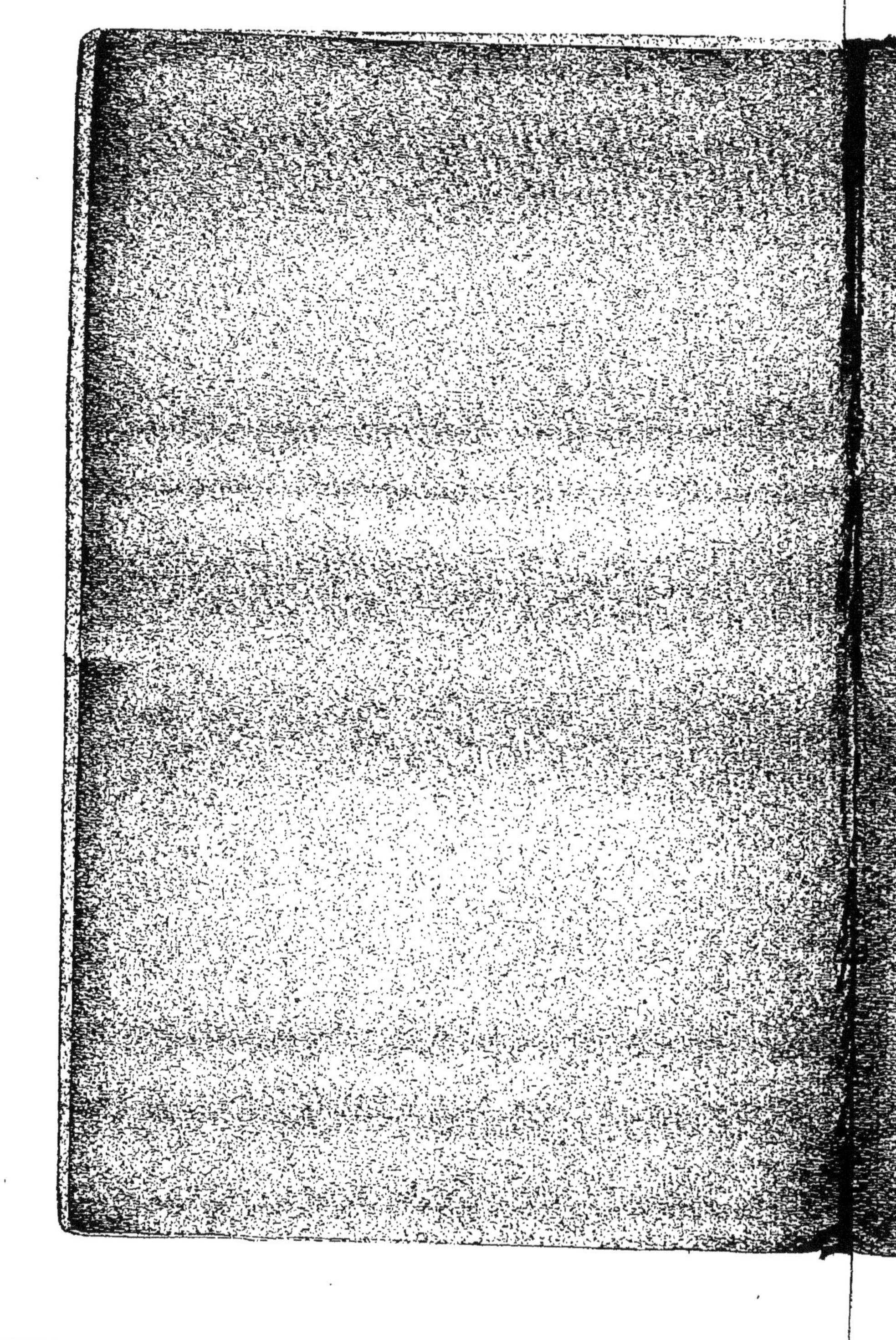

LA FILLE DU PORTE-CHAINES

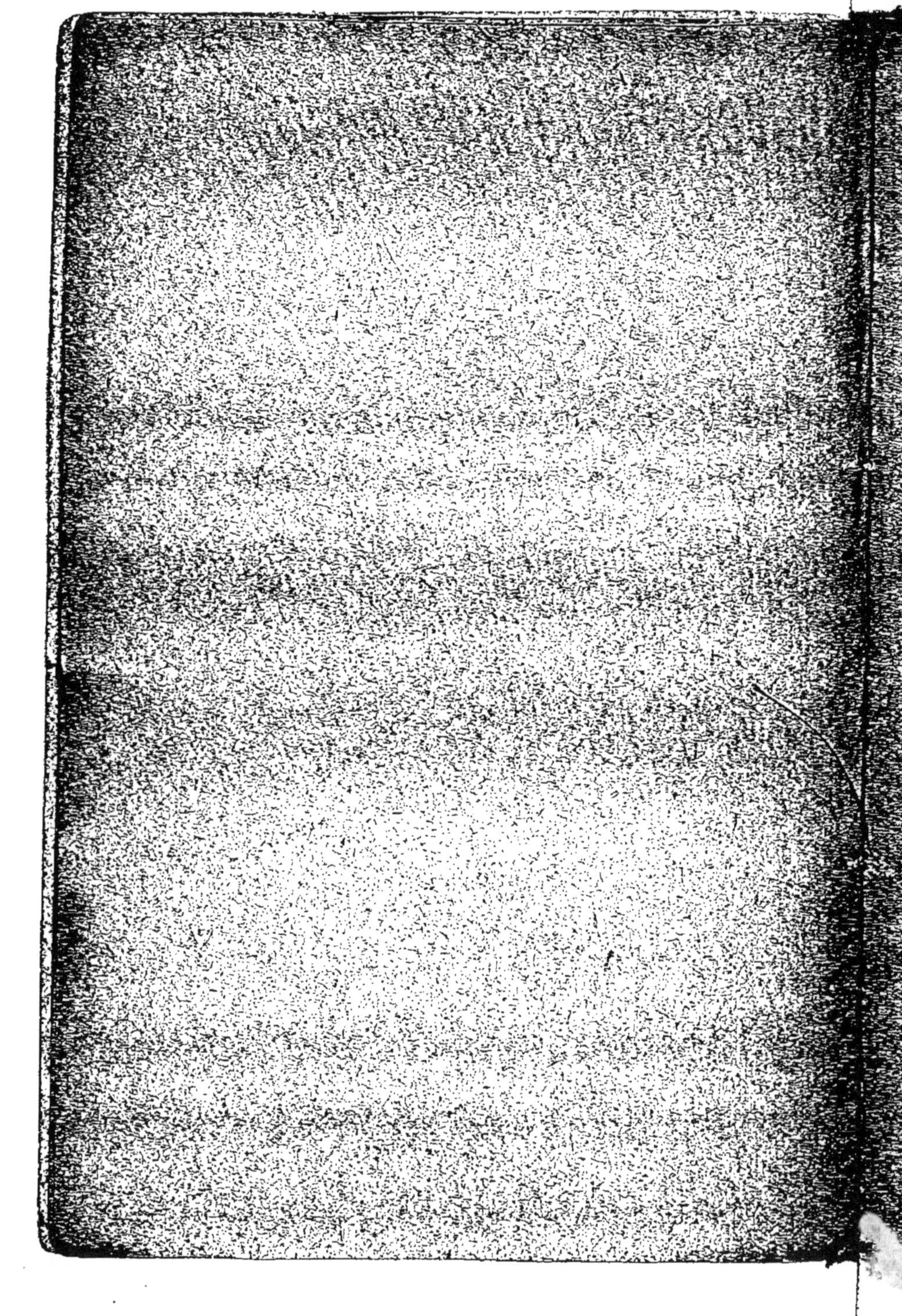

FENIMORE COOPER

LA FILLE
DU
PORTE-CHAINES

TOME DEUXIÈME

PARIS
Collection A.-L. GUYOT
6 et 8, rue Duguay-Trouin, 6 et 8

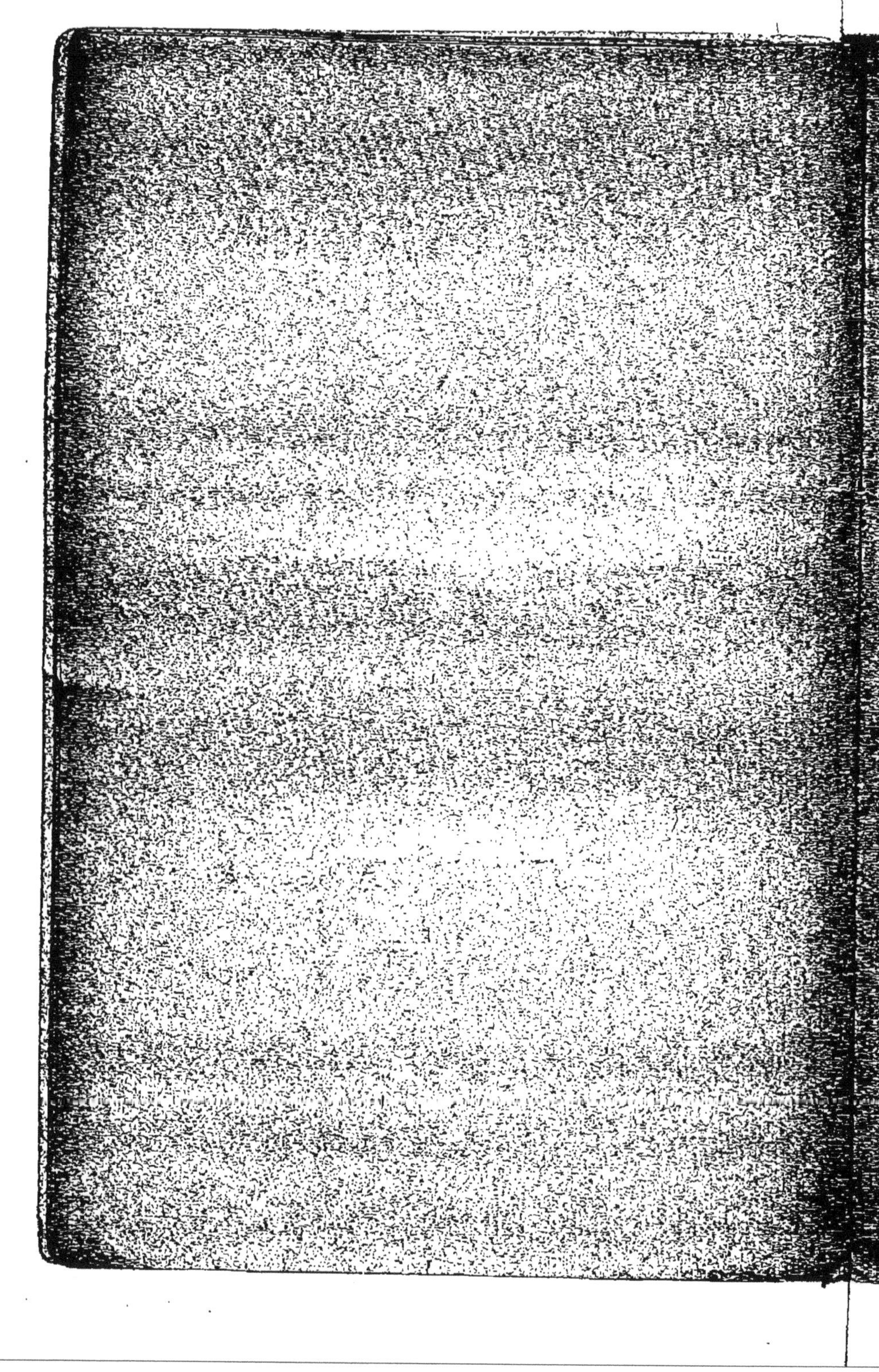

LA FILLE DU PORTE-CHAINES (1)

CHAPITRE XV

Une scierie clandestine

Pendant longtemps je marchai ainsi sans savoir où j'allais, tout entier à mon désespoir. Enfin, harassé de fatigue, je me laissai tomber sur le tronc d'un arbre renversé pour tâcher de mettre un peu d'ordre dans mes idées.

Une seule pensée, lancinante, terrible, occupait mon cerveau. Ursule avait engagé sa foi à un autre ! Ursule ne pouvait plus m'appartenir !

Qui pouvait-elle donc connaître dans ces bois ?...

— Ah ! m'écriai-je, pour avoir ainsi laissé Ursule continuer à habiter dans cette hutte,

(1) (Suite de l'*Indien Sans Traces*, même collection.

celui-là doit être pauvre. Eh bien, puisque la Providence m'a fait riche, je veux hâter son bonheur en y consacrant une partie de ma fortune. Je veux la voir établie et heureuse dans son ménage. Je veux faciliter son union avec celui que son cœur a librement choisi.

Cette idée me tranquillisa, me calma, et accablé de lassitude, je ne tardai point à m'assoupir profondément.

Quand je m'éveillai le jour commençait à poindre. J'étais courbaturé mais j'avais l'esprit assagi. Grande fut ma stupéfaction en constatant que pendant mon sommeil on avait jeté sur moi une de ces petites couvertures légères dont les habitants des bois se servent dans l'été, un service qui avait bien son importance car les nuits étaient les plus fraîches.

Quelle était la main amie qui avait pu avoir pour moi cette précaution.

Je regardai de tous côtés et je ne tardai pas à voir, à quelque distance l'Onondago, appuyé sur sa longue carabine et semblant regarder avec attention un objet étendu à ses pieds.

En un instant je fus à ses côtés et je vis qu'il considérait un squelette humain.

Comme l'Indien ne semblait pas s'apercevoir de ma présence, je dus le toucher du doigt pour qu'il levât les yeux.

— C'est sans doute une mort violente, Susquesus. Une querelle entre guerriers rouges. Autrement ce corps n'aurait pas été laissé ainsi sans sépulture.

— Il y a eu sépulture, répondit l'Indien. Voyez ! Voici la fosse. L'eau a balayé la terre et les os ont paru. J'ai aidé, autrefois, à ensevelir cet homme. Il a été tué dans la vieille guerre par les Hurons. Votre père était là, Jaap aussi, Susquesus aussi...

— Ah ! c'est sans doute ici qu'on enterra l'arpenteur Traverse et ses ouvriers ?

— Justement. Ce squelette est celui de l'arpenteur. Il s'était cassé la jambe autrefois. Tenez, voici la marque.

— Si nous creusions une nouvelle fosse, Susquesus ?...

— Inutile. Le porte-chaîne doit venir bientôt pour le faire lui-même. Ces terres et celles qui sont à l'entour sont à vous. Rien ne presse.

— Oui ces terres appartiennent à mon père et au colonel Dick-Follock. Ces malheureux ont été tués, alors qu'ils étaient occupés à les diviser.

— Mais à qui donc le moulin, près d'ici ?

— Il n'y a point de moulin, Susquesus, aucune parcelle de la propriété de Mooseridge n'a encore été ni louée, ni vendue.

— Il y a pourtant un moulin non loin d'ici. J'ai entendu la scie.

— Je n'entends rien, Susquesus, fis-je après avoir écouté un instant.

— Pas en ce moment. Je l'ai entendu cette nuit. L'oreille est bonne la nuit. Elle entend loin. Ce n'est pas à un mille de distance et de ce côté.

La découverte était d'importance. Je tirai de ma poche un plan grossier de la concession et, du côté que l'Indien indiquait, je découvris un cour d'eau, propre en effet à l'établissement d'un moulin. L'endroit n'était pas éloigné et il devait se trouver à proximité d'une forêt de pins.

— Hé bien ! dis-je à l'Indien, si nous allions voir ?

— Allons ! répondit-il laconiquement.

Quelques instants après nous découvrîmes la rivière et nous en suivions les bords depuis cinq minutes environ quand Susquesus qui marchait en tête s'arrêta tout à coup comme s'il avait rencontré quelque obstacle imprévu.

D'un bond je fus auprès de lui.

— Moulin pas loin, observa-t-il. Voilà des planches en quantité qui descendent le courant.

En effet la rivière était couverte de planches qui suivaient le cours de l'eau avec rapidité, attachées deux ou trois ensemble, comme si quelques dispositions avaient été prises pour les arrêter plus bas.

— Cela m'a tout l'air d'un véritable commerce organisé, Susquesus. Quand on voit ainsi des planches toutes faites il doit y avoir des hommes à proximité.

— Le moulin n'est plus qu'à quelques pas, affirma l'Indien avec assurance.

Arrivés à un nouveau coude que faisait la rivière nous découvrîmes l'endroit où une demi-douzaine d'hommes de tout âge étaient occupés à placer les planches par piles de deux ou trois et à les lancer dans le courant.

J'étais donc en présence de squatters, de ces hommes de la forêt, sans foi ni loi, qui n'hésitent pas à recourir à la violence s'ils le croient nécessaire pour se maintenir dans leur usurpation.

Les circonstances demandaient une grande énergie jointe à une extrême prudence.

Nous étions encore cachés. Susquesus en profita pour tenir conseil.

— Ce sont des squatters de Vermont, de méchantes gens, me dit-il. Vous croyez la terre à vous. Ils la croient à eux. Ayez votre carabine prête et ayez l'œil sur eux.

— Je me tiendrai sur mes gardes, Susquesus. Mais connaissez-vous ces gens-là ?

— Je le crois. On connait toutes sortes de gens dans les bois. Ce vieux qui est là-bas est un squatter déterminé. On l'appelle Mille Acres. Il dit qu'il a toujours mille acres en sa possession quand il lui prend fantaisie de les avoir. Il ne manque jamais de terre. Il en prend où il en trouve. Ne parlez pas de vos droits, ils tireraient sur vous.

— Oh ! Susquesus, ils regarderaient à deux fois avant de se porter à de telles extrémités. Ils craindraient la rigueur des lois.

— La loi, ils ne la connaissent pas.

— Ma foi, tant pis, Susquesus, je me risque. J'ai faim et la curiosité m'excite. Attendez-moi là. Si on m'arrête vous préviendrez le porte-chaîne. Adieu.

Je m'avançai rapidement, mais Susquesus malgré ce que je venais de lui dire me suivit.

Les Squatters, au nombre de quatre, étaient à l'ouvrage, enfoncés dans l'eau, tandis que le vieux chef, Mille Acres se tenait sur la terre sèche en compagnie de deux jeunes gaillards pleins de vigueur.

Au bruit que nous fîmes en approchant. Mille Acres tourna la tête et vit l'Onondago. J'étais immédiatement derrière lui.

Le vieux Squatter ne témoigna ni surprise, ni inquiétude.

— Ah ! c'est vous Sans-Traces. Je craignais que ce ne fut le Shérif. Il ne ferait pas bon pour lui, de fourrer son nez par ici ! Comment avez-vous déniché ma retraite, Onandago ?

— J'ai entendu cette nuit votre moulin et comme j'ai faim je suis venu voir si vous avez quelque chose à manger.

— Vous tombez à merveille. Nous avons des pigeons en quantité. Ah ! bavarde de scie, il nous faudra la graisser ! Elle finirait par nous trahir. Mais suivez-moi. Nous allons aller voir mistress Mille Acres qui va nous servir à tous à déjeuner, à vous ainsi qu'à votre ami que je ne connais point.

— C'est un ancien jeune ami. Je connais son père. Il vit dans les bois comme nous cet été. Il chasse le daim.

— Qu'il soit le bienvenu ! Tout le monde est bienvenu ici, sauf le propriétaire. Mais dites-moi, Onondago, n'avez-vous point vu le porte-chaîne et sa légion d'arpenteurs du diable ? Mes fils me disent qu'il est par ici et qu'il se prépare à recommencer ses anciens tours ?

— Je l'ai vu. C'est un vieil ami le porte-chaîne. Nous combattions ensemble les Français. C'est un brave homme. Quels tours fait-il ?

— Quels tours, Sans Traces ? Les arpentages, comme s'il est besoin pour marquer les fermes d'autres limites que la carabine, la loi par excellence. Alors il est donc vrai qu'il est par ici ?

— Oui, il arpente la ferme du général Littlepage.

Mais qui est votre propriétaire ?

— Ce Littlepage de malheur ! Un fieffé coquin au dire de tout le monde.

J'allais éclater. Un regard de l'Indien me recommanda le silence.

— C'est faux, déclara Susquesus d'un ton ferme. Des langues fourchues disent cela. Je connais le général, bon guerrier, honnête homme. A qui dirait le contraire je répondrai, avec force qu'il a menti !

— Oh ! je n'ai fait que répéter ce que j'ai entendu dire, marmotta Mille Acres. Mais nous voici à la hutte Sans Traces. Entrons manger.

Et, s'arrêtant sur le bord de l'eau, le vieux Squatter se lava rapidement les mains et la figure, opération qu'il exécutait sans doute, pour la première fois, dans cette journée.

CHAPITRE XVI

Mille-Acres et sa famille

Rapidement, tandis que le squatter faisait ses ablutions, je jetai un coup d'œil sur les environs.

Placé sur une légère éminence le moulin était entouré d'un espace de soixante acres environ, déblayé en partie et en partie cultivée.

L'occupation en semblait récente.

J'appris plus tard que la famille Mille-Acres qui se composait de vingt personnes, y était établie depuis quatre ans.

De tous côté, des arbres abattus et des monceaux de planches. Cinq huttes grossières, mais solides, étaient espacées autour du moulin.

— Entrez, nous dit avec affabilité le vieux Squatter, et soyez les bienvenus.

Mistress Mille Acres nous reçut avec la plus

complète indifférence, et le repas commença, simultanément dans toutes les huttes que toutes ces familles se partageaient, au son d'une conque que fit retentir avec bruit la maîtresse, de fait sinon de titre, de cet établissement clandestin.

Vers la fin du repas je remarquai que l'on commençait à m'examiner avec curiosité. Les convives qui se trouvaient à notre table se composaient de 6 personnes, moi et l'Indien compris. C'étaient, en plus de Mille-Acres et sa femme, un garçon de 22 ans du nom de Zéphane et une jeune fille de 16 ans, appelée Laviny.

La femme de Mille-Acres entama la conversation.

— Avez-vous des nouvelles du porte-chaîne, Aaron ? Je ne suis point tranquille depuis que je le sais dans les environs.

— Ne craignez rien Prudence, répondit le vieux squatter. Il a de la besogne à abattre avant d'arriver de ce côté. Mais on dit que le coquin de général a envoyé par ici son fils le jeune Littlepage. J'espère avant qu'il ait fini de s'occuper de sa propriété avoir eu le temps de me défaire de tout le bois coupé. Après peu nous importe, du porte-chaîne, aussi bien que du maître.

— Il nous faudra donc encore une fois déguerpir, Aaron ?

— Oh ! déguerpir ! Le mot est bien vite dit. Il faudra que l'on consente à me payer ces constructions. J'ai toujours réussi, dans ces sortes de transactions femme, et songez que nous sommes à notre 19e déménagement. J'enlève la roue du moulin et le tour est joué.

— Oui, mais le bois, Aaron ? Il nous faudra plus de trois mois pour avoir tout terminé. Pensez ce qu'il nous a fallu de temps pour le préparer ! Si nous allions perdre le fruit de tous ces travaux ?

— Ne craignez rien, femme. Il n'est pas de puissance au monde capable de nous les faire abandonner.

Prudence se tut quelques instants, puis me dévisageant avec un restant d'inquiétude.

— Dites donc, jeune homme, serais-je indiscrète de vous demander votre nom.

— Nullement, répondis-je avec sang-froid. Je m'appelle Mordaunt.

— Je n'ai jamais encore connu de gens de ce nom là. Et vous Aaron ?

— Moi non plus. Mais qu'il se nomme comme il voudra, pourvu que ce ne soit pas Littlepage.

Durant cette conversation j'avais examiné plus attentivement encore les gens et les objets qui m'entouraient.

C'étaient des gaillards de six pieds, aux épaules carrées, aux membres athlétiques. Des carabines accrochées à la muraille m'apprenaient qu'ils étaient tous armés.

Il ne pouvait donc être question d'employer, en cas de besoin, la force pour se défendre car je me trouvais sans armes et l'Indien n'avait que sa carabine.

Je fus distrait de ces idées par une question que me posa Mille-Acres.

— Connaissez-vous quelque chose aux lois, monsieur Mordaunt ?

— Pas grand chose.

— Vous paraissez éduqué cependant, plus, certainement que ceux dont l'habitude est de courir les bois.

— J'ai reçu quelqu'instruction, il est vrai, mais, vous le voyez, cela ne m'empêche point de chérir les forêts.

— Oh ! quand l'inclination pousse quelque part, il faut y obéir. Tenez, moi, par exemple, il me faut du grand air, de l'espace et de la liberté. Vivre dans un établissement me semblerait pis que de vivre dans une prison ! Mais, dites-moi : Pourriez-vous me dire ce que le bois de construction vaudra cet automne.

— Tout est à la hausse depuis la paix. Le bois comme le reste, sans doute.

— Tant mieux. Nous venons de traverser des années difficiles. Nous allons pouvoir nous dédommager.

— Mais, lui dis-je, n'avez-vous jamais été inquiété au sujet de vos établissements ?... N'avez-vous eu jamais occasion de défendre vos prétentions devant un tribunal ?...

Mille-Acres sembla hésiter à répondre.

— Si, dit-il. Une fois, la première et la dernière car on ne m'y reprendra plus...

— Si M. Littlepage découvrant que vous êtes ici vous proposait un arrangement, quelles seraient vos conditions ?

— Oh ! déclara Mille-Acres avec un gros rire, on verrait à discuter. Il a titre sur papier, mais j'ai possession. J'ai, sur la rivière, ou empilées sur le bord, ou dans la cour du moulin, cent vingt mille belles planches. J'ai des enfants robustes et de bonnes carabines. Eh bien, si ce Littlepage que vous semblez connaître, venait en arrangement, voici quelles seraient mes conditions : Me laisser porter tranquillement au marché tous mes bois, faire ma récolte, enlever portes, fenêtres, ferrures, tout ce qui peut se détacher du moulin et au printemps prochain, en temps suffisant pour qu'un nouvel occupant puisse faire des semences, je me retirerai et vous le rencontrez, ce Littlepage, vous pouvez le lui dire de ma part.

J'allais répondre quant Zéphane, l'aîné des fils du squatter, qui me considérait depuis longtemps avec une grande attention, prit son père par le bras et l'emmena, à l'écart.

Sitôt que son fils lui eut dit quelques mots, Mille Acres revint de mon côté.

— Ecoutez, jeune homme. Mon fils a sur vous des soupçons qu'il nous faut éclaircir, il croit que vous êtes le fils Litlepage lui-même.

— Et qui peut lui faire croire cela ?

— Voici. Il va souvent à Ravensnest. Je suis en affaires avec l'écuyer Newcome, qui m'achète du bois en échange d'étoffes, de rhum et d'épiceries qu'il me fournit. Il y a aussi quelqu'histoire d'amourette qui l'attire souvent dans ces parages. Enfin, peu importe. L'essentiel n'est pas là. Vous appelez-vous Mordaunt ?

— Certes.

— N'auriez-vous pas un autre nom ?

— Je m'appelle également Littlepage.

La figure de Mille-Acres se rembrunit. Il donna à Laviny un message à voix basse que celle-ci partit exécuter d'un air de répugnance.

Puis, s'adressant à moi, d'un ton colère et indigné.

— Si vous êtes venu ici en espion, comme

espion vous serez traité. Ainsi répondez sans réticences inutiles. Qu'êtes-vous venu faire dans mes défrichements et sous mon propre toit ?

— Je suis venu surveiller la propriété qui m'a été confiée par mon père.

— Eh bien nous allons traiter de suite cette question. Rassemble les garçons, Laviny, rassemble les garçons ! Il faut que nous nous assurions du silence de cet homme d'affaires.

Sachant que l'Indien était armé et comprenant que l'heure était venue de me mettre sur la défensive, j'étendis la main pour me saisir de sa carabine mais Susquesus avait disparu. Je me trouvais seul et désarmé au milieu de six hommes athlétiques accourus au bruit de la conque que Prudence venait de faire retentir d'une façon particulière.

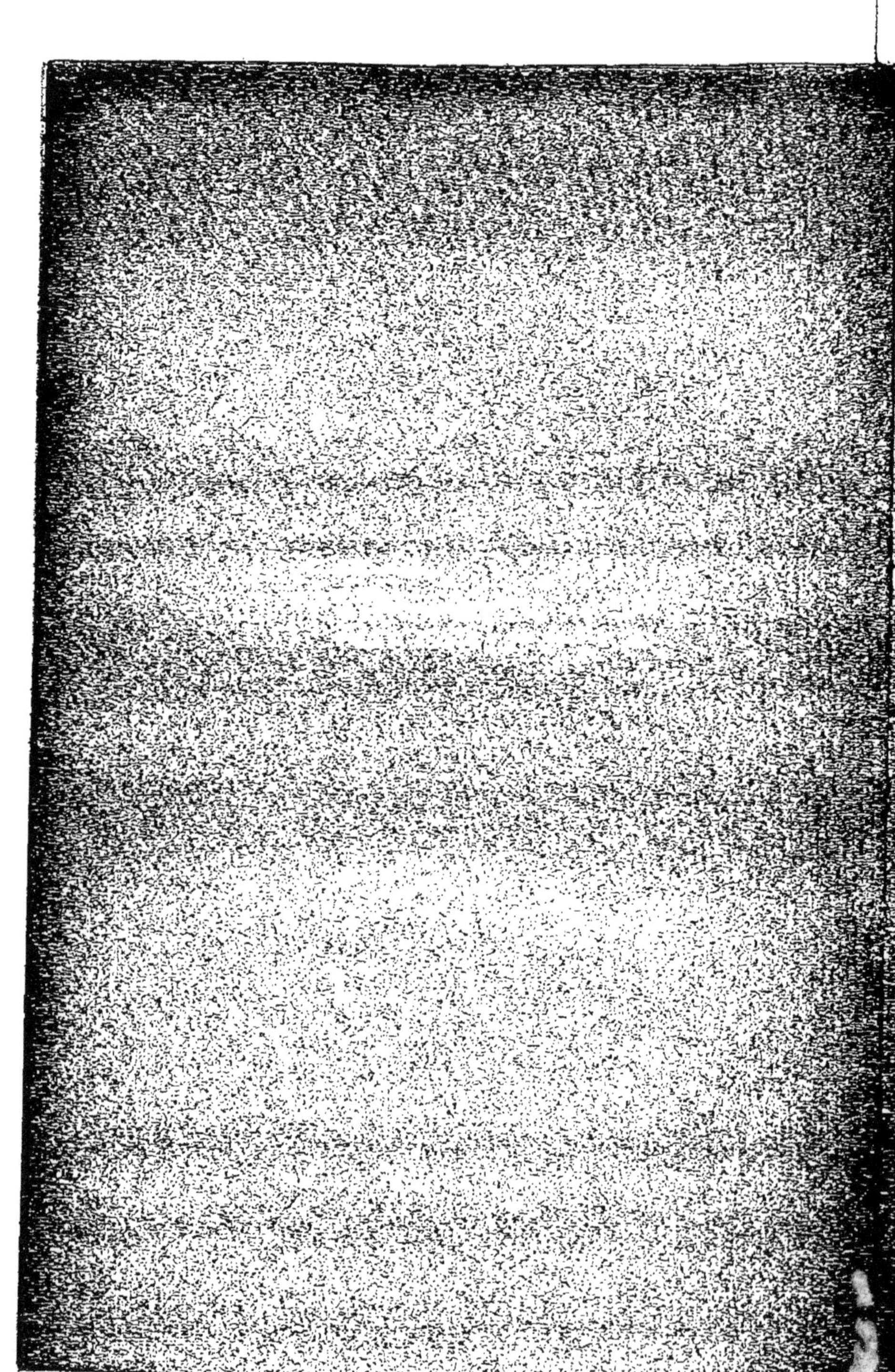

CHAPITRE XVII

Prisonniers des Squatters

Au reste rien n'indiquait que l'on voulût se porter à des actes de violences contre ma personne.

La famille du Squatter se trouvait rassemblée autour de lui me jetant des regards menaçants ou inquiets.

Moi, durant ce temps, je songeai à l'absence de l'Onondago. Voyant le péril de la situation et sachant qu'il ne pouvait rien, il était sans doute parti avertir le porte-chaîne de l'aventure désagréable qui venait de m'arriver.

Tel fut sans doute l'avis de Mille Acres qui, s'apercevant tout à coup de son absence s'écria :

— La peau rouge a décampé. A vos carabines, Nathatiel, Moïse, Daniel et ramenez-le mort ou vif. Il me le faut, entendez-vous ?

Les trois garçons s'armèrent et partirent aussitôt en des directions différentes.

— Conduisez cet homme dans ma hutte, commanda Mille-Acres à ses autres enfants. Nous allons le juger, et en bonne forme, puisqu'il semble aimer la loi.

Il prit le chemin de sa hutte, s'assit d'un air d'autorité, ses femmes et ses plus jeunes garçons rangés en cercle autour de lui et je me plaçai debout, devant lui, tandis que Zéphane et trois de ses frères gardaient la porte.

C'était comme une sorte de tribunal dont Mille Acres était le juge instructeur et moi l'accusé.

— Silence, enfants ! La Cour va juger. Tobit, continua-t-il, en s'adressant à son fils aîné, un colosse de 26 ans, que vous arriva-t-il quand vous fûtes surpris à capturer des brebis dans la colonie de Hampchire ?

— Je fus conduit devant l'Ecuyer, qui se fit rendre compte de l'affaire, me demanda ce que j'avais à dire pour ma défense et m'envoya en prison jusqu'au jour du jugement. Vous savez, ensuite ce qui m'arriva.

— Oui, oui, inutile de revenir sur ces détails désagréables. Nous allons agir de même, légalement. Voyons, qu'avez-vous à dire, vous le procureur ?

— Je ne vous ai pas dit que j'étais procureur. Je vous ai dit que j'avais la procuration de mon père.

Cette déclaration parut produire une bonne impression.

— Vrai, vous n'êtes pas un homme de loi ? s'écria Mille Acres.

— Je suis le fils du général Littlepage, chargé par lui et le colonel Follock, propriétaires communs de ces terres de les vendre ou de les affermer.

Cette explication me fit perdre autant de terrain que je venais d'en gagner.

— Procuration, procureur, c'est tout comme, grommela Mille Acres. Mais que nous parlez-vous de terres en commun. Si elles sont en commun comment votre père peut-il s'en dire propriétaire ?... Ainsi, c'est bien compris, enfants. Il est le fils de son père, son père a ses terres en commun, tout comme nous. L'affaire est jugée. Il ne reste plus qu'à l'envoyer en prison. Mais ne faut-il point griffonner quelque écrit sur un bout de papier pour la régularité de la chose, Tobit ?... Comment fit-on pour vous ?

— Le juge remit au délégué du Shérif un mandat d'arrêt en vertu duquel je fus conduit en prison.

— Eh bien, rédigeons un bout d'écrit. Prudence, ouvrez ce tiroir.

— Avant que vous alliez plus loin, dis-je, je dois déclarer que vous êtes dans l'erreur. Je ne suis point procureur, ni homme de justice. Je suis capitaine. J'ai servi sous les ordres du général Littlepage et j'ai vu Burgoyne se rendre.

Je regagnai dans l'esprit de tous. Le « procureur » soulevait des colères, mais le « militaire » éveillait des sympathies.

— Vous avez servi contre Burgoyne ? me dit Mille Acres en me fixant d'un regard perçant. Moi aussi, et Tobit, Moïse, Nathaniel, tous ceux des miens en âge alors de porter le mousquet. Mais quelles preuves nous en pouvez-vous donner ?

— Fournissez-m'en l'occasion. Je vous convaincrai.

— Voyons un peu. Quel régiment était à droite, celui de Hazen ou celui de Brooke quand on marcha contre Jarmans ?...

— Je ne puis vous le dire. J'étais avec mon bataillon et la fumée nous empêchait de rien distinguer.

— Il n'y était pas ! vociféra Tobit.

— Il y était, s'écria avec force Laviny qui, depuis mon arrestation ne cessait de me donner des preuves multiples d'intérêt.

— Dans tous les cas, prononça Mille Acres mon devoir est de le mettre en prison. Mais comme il n'est point impossible qu'il eut combattu Burgoyne nous le dispenserons de la formalité d'un mandat écrit et il ne sera pas attaché. Allez, enfants, emmenez le prisonnier et enfermez-le dans le magasin. Quand vos frères seront revenus de la poursuite de l'Indien, nous aviserons.

Ces ordres furent exécutés, sans résistance de ma part.

Le mieux n'était-il pas d'attendre les événements.

La prison où l'on me conduisit était un magasin construit en bois, sans fenêtres, très vaste et d'où toute évasion semblait impossible. On me désarma d'un grand couteau que je portais et l'on me fouilla avec soin pour voir si je ne possédais point quelqu'instrument qui put favoriser ma fuite. Mais on ne me prit aucun argent. Après quoi on me laissa seul, on verrouilla solidement la porte et un petit garçon fut laissé en sentinelle pour surveiller la prison.

Durant ce temps, au travers les interstices des bûches, je distinguais parfaitement ce qui se passait.

Mille Acres, assemblé avec ses fils près du moulin, tenait conseil. Et les femmes, groupées autour de Prudence près de la porte de la hutte, semblaient se demander l'une l'autre ce qui allait être décidé.

Je me pris alors à réfléchir à ma position. Elle était critique. Mon seul espoir résidait en l'indien. S'il était repris, Dieu seul savait comment tout cela allait finir. S'il parvenait à s'évader, mes amis allaient agir et Newcome, à la tête de mes fermiers rassemblés, allait sans doute, comme magistrats, exiger mon élargissement. Mais cela se passerait-il sans violences de part ou d'autre ?...

Tandis que je me livrais à ces réflexions, je regardais toujours par les ouvertures et je fus surpris de voir apparaître, dans la clairière du côté de l'est, un cavalier que je reconnus bientôt être mon ex-agent, M. Jason Newcome, le magistrat de Ravensnest.

Son arrivée, aussitôt signalée, ne parut exciter aucune alarme.

Quand il eut mis pied à terre un des jeunes garçons vint tenir la bride de son cheval et l'écuyer, s'avançant vers le moulin, échangea avec Mille Acres, sa femme et ses fils des compliments qui laissaient deviner la grande intimité qui régnait entre eux.

Puis, les compliments échangés, le magistrat et le Squatter se dirigèrent à l'écart, comme des gens qui ont à débattre ensemble des intérêts importants — et, soit hasard — soit intentionnellement, ils se dirigèrent vers le magasin et prirent place sur le tronc d'un arbre renversé, le dos tourné à ma prison.

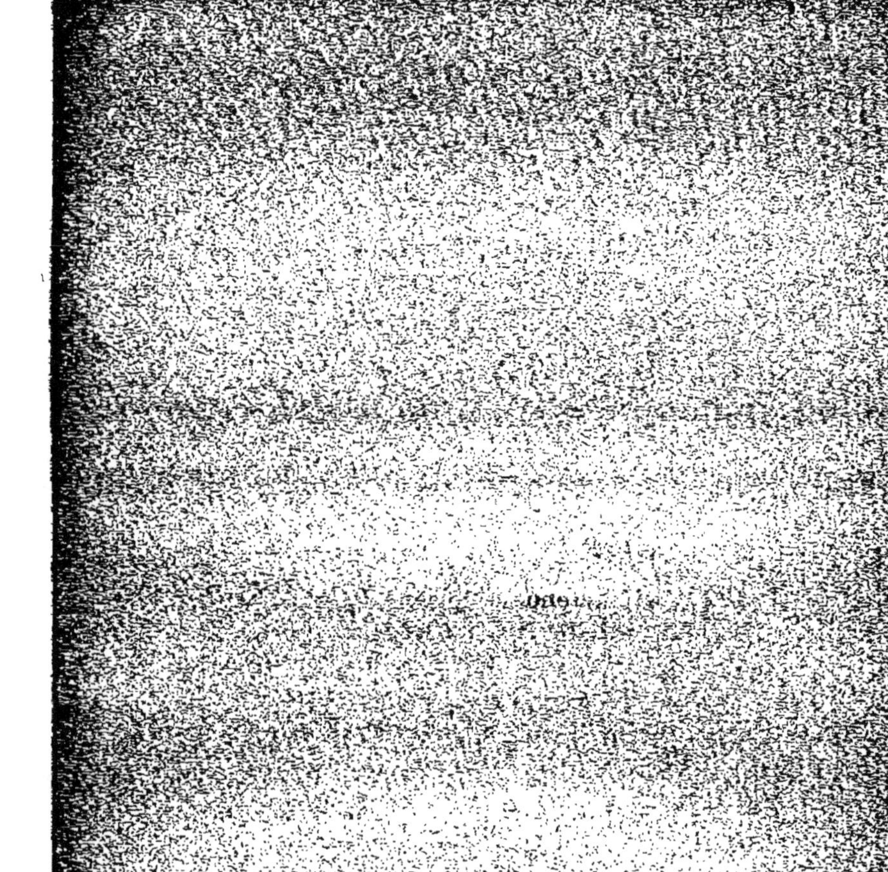

CHAPITRE XVIII

L'intendant fidèle

Avant de commencer la conversation, Mille Acres, congédia d'un geste, le jeune garçon qui avait été placé en sentinelle et dont la présence était devenue inutile.

Moi, je ne fis aucun scrupule d'écouter de toutes oreilles, ce qu'ils allaient se dire, car, dans la position où je me trouvais, c'eût été pousser un peu loin la délicatesse que de négliger cette occasion d'apprendre ce qu'il pouvait bien y avoir de commun entre ces deux hommes.

— Je vous avais averti, Mille-Acres, disait Newcome, continuant la conversation. Le jeune homme est dans le pays avec le porte-chaîne et sa clique.

— Combien sont-ils ? S'ils ne sont pas plus

nombreux qu'à l'ordinaire je les plains s'ils viennent à s'engager dans ma clairière.

— Qui sait ce qu'ils feront ! Quand on arpente on va partout. C'est pour cela que j'ai cherché à les éloigner de mon établissement. Une ligne de démarcation bien tracée aurait pu me nuire.

... Des lignes de démarcation dans un pays libre! En voilà une invention! s'écria Mille Acres avec une indignation réelle. J'ai, durant 7 ans, vécu dans l'état de Vermont, entre deux familles, l'une au Nord, l'autre au Sud. On empiétait mutuellement les uns sur les autres, mais jamais il y eut entre nous un mot d'aigreur, une plainte.

— Vous possédiez tous, sans doute, en vertu du même titre ? questionna le magistrat malicieusement.

— Oui en vertu d'un double droit. La possession et nos haches. Mais voyons, vous qui avez fait de bonnes études. Qu'il y ait écrit ou non la possession devient-elle définitive au bout de vingt-et-un ans ?

— Non. Il faut un titre. La possession ne compte pas.

— J'ai pourtant souvent entendu dire le contraire et j'opine à penser que possession vaut titres.

— C'est pure appréciation de votre part. Mais

revenons à nos affaires. L'ourson est dehors et il montrera les dents s'il s'aperçoit de ce qui se passe.

— Qu'il les montre ! s'écria Mille Acres en jetant un regard de défi du côté de ma prison. Ce ne sera pas le premier que j'aurai rencontré qui sache mieux aboyer que mordre.

— Détrompez-vous, voisin. Le major Littlepage est brave et résolu. Il m'a retiré ma procuration pour la donner à un jeune étourdi qui n'a d'autre titre que d'être un arpenteur passable, et qui aide ou plutôt dirige les travaux du porte-chaîne.

— Le vieux drôle ! Voilà la troisième fois qu'il me contrecarre dans mes projets. Qu'il prenne garde que ce ne soit la dernière. Il est vieux. Il pourrait bien ne plus vivre longtemps.

Cette menace ne fut point du goût de Newcome. Il ne voulait pas aller aussi loin. Favoriser des larcins, acheter à vil prix du bois dérobé, soit, mais des crimes, halte-là ! Le jeu devenait trop dangereux.

Aussi affecta-t-il de ne pas avoir compris.

— Le vieil André a 70 ans. Mais il peut aller loin encore. Vous même, Mille Acres vous n'êtes guère plus jeune.

— J'ai 73 ans. Mais je ne suis pas porte-chaîne et je ne gêne personne.

La conversation n'amenait point le résultat que s'était proposé Newcome. Son but était d'effrayer Mille-Acres et de le décider à se débarasser de tout son bois.

— Enfin réfléchissez, dit-il. Vous ne m'avez point donné votre dernier mot.

— Mes transports seront achevés avant que ce jeune Littlepage puisse me nuire.

— Mais si vous êtes découvert, on vous prendra tout.

— Nous verrons Ecuyer. Mais, je crois que voici mes garçons qui reviennent de la forêt avec l'Onondago. Il est discret, l'Indien, mais peut-être ne tenez-vous point qu'il vous aperçoive en cette clairière.

— Certes non, je n'y tiens pas ! déclara le magistrat.

Et se faufilant derrière les tas de bois, il ne tarda pas à disparaître.

Bientôt Susquesus parut, désarmé et garotté, entre les mains des trois fils du Squatter. La figure de l'Indien ne manifestait aucune émotion.

— Sans Traces, lui dit Mille-Acres, vous êtes un vieux guerrier et vous devez savoir que dans les moments de troubles chacun doit songer à sa sûreté. Je suis satisfait de voir que les garçons n'ont pas été obligés de recourir à des moyens extrêmes pour vous ramener car vous devez bien penser que nous ne tenons aucunement à vous voir aller avertir le porte-chaîne de ce qui se passe. Nous sommes donc obligés de vous garder un certain temps parmi nous. Si vous voulez vous tenir tranquille vous serez bien traité. Et même, comme je sais ce que vaut la parole d'un peaux-rouge, je vous laisserai en liberté si vous promettez de ne point tenter à fuir. Nous reparlerons de cela demain matin. Pour le moment vous allez tenir compagnie au jeune imprudent que vous avez amené ici.

Après avoir débarrassé l'Indien de ses liens, on l'introduisit auprès de moi et la porte fut barricadée de nouveau.

Cette fois ce fut une des jeunes filles qu'on laissa en sentinelle.

Quand je fus bien certain que personne ne pouvait nous entendre, j'interrogeai Susquesus.

— Je suis bien peiné de vous voir repris, Sans-Traces, car j'espérais que vous réussiriez à dépister les recherches et à prévenir le porte-chaîne. C'est une cruelle déception.

— Susquesus repris parce qu'il y a consenti. Sans Traces devenu vieux mais pas suffisamment pour être atteint dans les bois par les enfants de Mille-Acres quand il ne le veut pas.

Et tirant sa pipe de sa ceinture il la remplit lentement, l'alluma et se mit à fumer avec un sang-froid déconcertant.

— Voyons, Susquesus, je suis dans l'anxiété. Dites-moi ce qui s'est passé ?

— Ecoutez, vous allez savoir. Je me suis enfui parce qu'il ne fallait pas que moi aussi je reste prisonnier, et qu'il fallait avertir le porte-chaîne. Mille-Acres vous gardera ici tant qu'il lui restera une planche à mettre à l'eau et cela durera tout l'été.

— Alors vous avez prévenu mes amis ?

— Je me suis enfui dans les bois, loin, bien loin. J'ai rencontré Jaap qui était à votre recherche. Tout le monde très inquiet de votre absence. Lui ai donné commission pour le porte-chaîne, puis pensant être utile au jeune visage pâle son ami, resté seul en prison, me suis laissé reprendre par les fils du Squatter.

Je remerciai Susquesus de l'habileté de sa conduite. Il avait prévenu mes amis sans que Mille-Acres put s'en douter et il revenait près de moi pour m'aider de ses conseils ou de son bras si les circonstances l'exigeaient.

— Tout le monde était inquiet de la disparition du jeune maître pendant toute une nuit. Jeune fille aussi, ajouta-t-il avec insistance.

J'eus comme un vague soupçon que l'Onondago avait dû assister sans être aperçu à mon entretien avec Ursule. Il m'avait suivi ensuite et c'était lui qui, durant la nuit, m'avait garanti d'une couverture. Mais l'instant n'était pas venu de l'interroger à ce sujet.

Nous nous concertâmes tous les deux sur la conduite à tenir et nous fûmes d'avis d'attendre ce qu'allait décider le vieil André. Qu'allait-il faire ?...

Mon inquiétude était de le voir recourir à la force, car il était d'un caractère ardent et accoutumé, dès le jeune âge, à brûler de la poudre. Alors que se passerait-il ?...

D'autre part, s'il recourait aux voies légales et prévenait Newcome, n'était-il pas à craindre que celui-ci, en sous main, n'avise le Squatter, son ami et ne me ferait-on point disparaître en un lieu inconnu ?

Nous nous perdions en conjectures de toutes sortes.

Les Squatters, sauf la liberté, semblaient vouloir ne nous laisser manquer de rien, notre nourriture était la leur. Cinq fois au moins, Laviny nous apporta de l'eau fraîche et quelques livres trouvés dans la bibliothèque de sa famille.

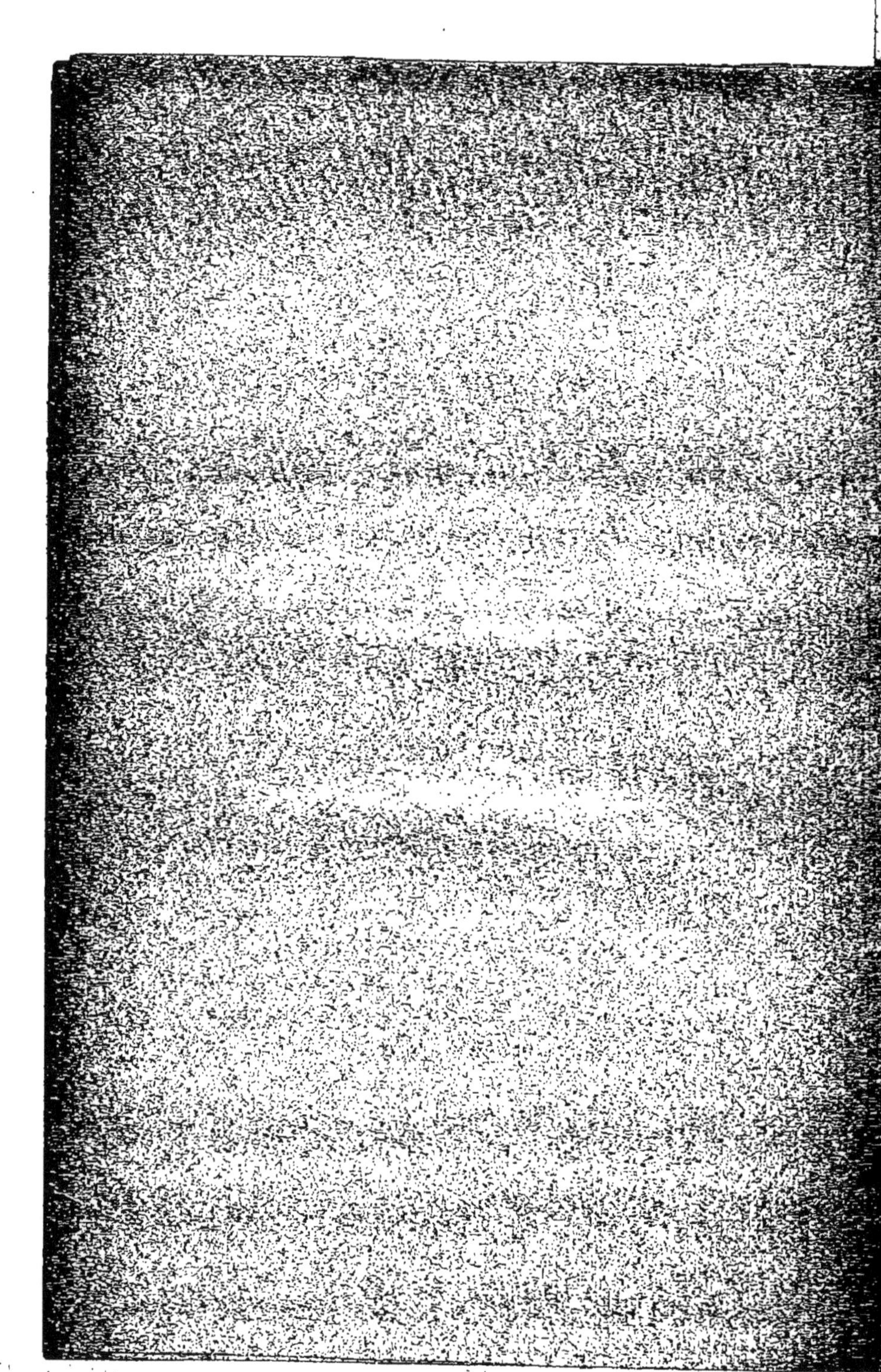

CHAPITRE XIX

Laviny. — Intervention du porte-chaîne

La journée nous parut longue. Tandis que l'Onondago restait assis à la place qu'il avait prise en entrant et fumait silencieusement, je me promenais de long en large dans l'immense salle, longue au moins de vingt pieds et j'observais par instants les faits et gestes de ceux qui me retenaient captifs. Je vis, à plusieurs reprises, le vieux Squatter en conférence avec l'aîné de ses fils, ils semblaient tous deux fort animés et je crus distinguer sur leur physionomie comme une expression de menace.

Quand la nuit fut venue on nous apporta plusieurs bottes de paille sur lesquelles nous nous couchâmes aussitôt.

A trois heures du matin je fus éveillé par une voix de femme que, à demi endormi, je pris pour celle d'Ursule.

— Est-ce vous, miss Malbone ? questionnai-je en me mettant sur mon séant.

— Parlez bas... Je suis Laviny, la fille de Mille-Acres. Un de mes frères est en sentinelle près du bâtiment, il ne faut pas qu'il nous entende.

Je remerciai la jeune fille des égards qu'elle m'avait témoignés.

— Oh ! monsieur Littlepage, me répondit-elle avec embarras, car elle semblait comprendre qu'en me faisant cette visite elle était sortie de la réserve ordinaire à son sexe, j'ai fait tout ce que je pouvais et il n'y avait pas grand mérite à cela. Je regrette, par exemple, de n'avoir pu vous offrir que de l'eau, mais nous n'avons, ici, ni bière, ni cidre.

Aussi, dans la crainte que votre souper n'eut pas été suffisant, je vous apporte une cruche de lait et une tranche de gâteau.

Je la remerciai encore.

Quand j'eus accepté ses provisions la jeune fille resta à la même place semblant vouloir prolonger une conversation que je laissais tombér, ne voulant point l'interroger sur ce que pouvait faire sa famille.

Alors elle me dit qu'elle et sa mère désiraient bien voir leur famille quitter cette vie de squatters et que son père paraissait bien en peine de savoir ce qu'il allait faire de moi.

— Mais n'a-t-il pas demandé avis à M. Newcome ?

— Il s'en est bien gardé. Si M. Newcome avait su ce qui s'est passé il eut voulu avoir tout notre bois pour rien. Mais dites, M. Littlepage, que pensez-vous de notre droit sur les planches quand nous les avons coupées et sciées ? Cela ne fait-il point quelque différence ?

A cette interrogation, je répondis par une autre interrogation.

— Quels droits penseriez-vous avoir sur une robe qu'une autre jeune fille aurait faite avec une étoffe qu'elle aurait prise dans votre armoire quand vous aviez le dos tourné et qu'elle aurait ensuite taillée, façonnée et cousue de ses propres mains ?

— Tous les droits assurément. Mais les planches sont faites avec des arbres.

— Et les arbres ont un propriétaire, tout comme les étoffes.

— C'est ce que je craignais, soupira Laviny. C'est ce que j'ai lu dans la Bible, mais mes frères disent que c'est inexact.

— Et que dit votre mère, Laviny ?

— Notre mère n'ose point aller trop à l'encontre de notre père. Elle lui conseille seulement d'avoir un écrit. Elle voudrait qu'il en obtienne un de vous tant que vous êtes ici. Est-ce que vous lui refuseriez cet écrit, Monsieur Littlepage s'il promettait de vous payer quelque chose en retour ?

— Un écrit, conçu dans de pareilles conditions serait nul et sans valeur.

— Tant pis, reprit Laviny qui soupira de nouveau. J'aurais tant voulu vous voir libre. Père dit qu'il vous retiendra jusqu'à la crue des eaux.

— Jusqu'à la crue des eaux ! Trois mois !

— Ah ! monsieur Littlepage, je tremble quand j'entends parler mon père et les garçons de ces planches qui sont pour eux et leur chair et leur sang ! Et je ne suis point poltronne, allez ! L'hiver dernier j'ai tué seule un ours !

— Vous êtes une brave et excellente fille Laviny, mais je n'y puis rien. Ces planches appartiennent aux propriétaires du sol. Je ne puis en disposer. Mes pouvoirs se bornent à vendre des parcelles de terrain. Mais c'est une grande responsabilité qu'assument vos amis de me retenir de force ici car les miens vont me chercher et me découvrir. Quelles en seront les conséquences ?

— Oh ! je tremble d'y penser, répondit Laviny d'un accent d'épouvante. Mais il me faut partir, monsieur Littlepage. Si on s'apercevait de mon équipée on me la ferait payer cher. Adieu et bon courage.

La jeune fille disparut tandis que Susquesus faisait mine de s'éveiller.

Quand le jour parût tous les squatters retournèrent à l'ouvrage, sauf Mille Acres et deux de ses fils qui veillaient sur nos personnes. Le vieux Squatter semblait dans une grande perplexité.

Le jour était déjà très avancé quand, tout-à-coup, semblant prendre une décision, il s'approcha de la prison pour me parler. Je sus, plus tard, que Tobit venait d'insister auprès de lui sur la nécessité de me mettre à mort ainsi que l'Indien, comme le seul moyen qu'il y eût de sauver leurs provisions de bois.

— Jeune homme, me dit-il, vous vous êtes glissé, près de moi, la nuit comme un voleur et vous devez vous attendre à être traité comme tel. Comment voulez-vous que des hommes se décident à abandonner le fruit de leurs sueurs sans le disputer avec désespoir.

J'allais répondre, avec emportement peut-être, quand j'aperçus, à cent pas de nous, le porte-chaîne qui se dirigeait sur le magasin. Un instant après il était auprès du Squatter.

— Ah ! c'était donc vous Mille-Acres. Il est regrettable de nous rencontrer dans de pareilles circonstances.

— Je n'ai point cherché cette rencontre, porte-chaîne. Je ne vous ai pas prié de venir.

— Ce n'est point pour vous, non plus, que je suis venu, et je ne pensais point vous rencontrer. Je suis venu pour mon noble ami. Rendez-moi Mordaunt Littlepage et je vous débarrasse de ma présence.

—Est-ce que je connais, moi, votre Mordaunt Littlepage. Passez votre chemin, porte-chaîne, et laissez-nous tranquilles, moi et les miens. Le monde est assez grand pour nous deux, ce me semble. Pourquoi vous attirer de mauvaises affaires en venant troubler une couvée comme celle qui provient d'Aaron et de Prudence Timbernan ?

— Que m'importe, vous et votre couvée. Rendez-moi mon ami, ou prenez garde à vous.

— Ne me poussez pas à bout, porte-chaîne.

Entre ces deux caractères ardents la discussion ne fut pas de longue durée mais elle fut vive.

Ne pouvant répondre aux arguments du porte-chaîne le squatter voulut avoir recours à la force et saisissant mon vieil ami à la gorge il tenta de le renverser.

Mais il avait affaire à forte partie. Lancé à terre avec une vigueur qui le priva de sentiment, Mille Acres resta comme mort.

La conque aussitôt retentit.

Le vieil André, restait immobile, devant son ennemi renversé.

Je crus devoir profiter de ce moment pour l'avertir de ma présence.

— Fuyez ! lui criai-je, gagnez les bois ! Ses fils vont accourir.

— Ah ! Mordaunt ! Que je suis heureux de vous savoir sain et sauf. Je vais vous délivrer et nous partirons ensemble.

Et sans écouter mes remontrances il vint à la porte du magasin et fit un effort pour l'enfoncer. Voyant qu'il n'y pouvait réussir il regarda tout autour de lui, cherchant un instrument qu'il ne trouva pas pour briser la serrure ou faire sauter un panneau.

Puis, avisant le moulin, il partit dans cette direction sans doute pour y chercher ce dont il avait besoin.

J'avais beau lui crier de m'abandonner, de s'enfuir, il n'en faisait qu'à sa guise.

Il revint bientôt, une pince à la main mais comme il s'apprêtait à appliquer contre la porte ce puissant levier Tobit accourut suivi de tous ses frères et le porte-chaîne, saisi par derrière, fut fait prisonnier.

Tobit ouvrit la porte, le mit en cage avec nous et, avec l'aide de ses frères s'occupa de relever son père qui n'avait pas encore repris signe de vie et de le transporter dans sa maison.

Tout le monde s'y précipita à leur suite et, pendant plus d'une heure, nous n'aperçûmes plus personne. La sentinelle qui était un des fils de Tobit et Laviny elle-même, avaient disparu.

— Ah ! mon vieil ami André que je suis heureux de ne point vous voir dans les pattes de ces furieux ! Je craignais pour votre vie. A présent ils auront le temps de la réflexion et, heureusement, j'ai été témoin de ce qui s'est passé.

— Ne craignez rien du vieux Mille-Acres. Il est brusque, entêté, mais cela passe vite. Vous le verrez, dans un instant, plus doux qu'un mouton. Mais vous, mon garçon, comment donc vous trouvez-vous ici ?

Pourquoi rôder ainsi dans la nuit avec Susquesus que je tenais pour un Indien plein de sens mais qui, cette fois, aurait pu mieux vous conseiller ?

— J'avais la tête en feu et ne pouvant dormir j'avais voulu faire un tour dans la forêt. Je m'y suis perdu. Susquesus qui avait l'œil sur moi ne m'a pas quitté. Le matin, dans l'espoir de trouver quelque nourriture, nous nous sommes rendus ici.

Susquesus savait-il donc que des squatters s'étaient établis sur cette propriété ?...

— Non. Nous avions entendu grincer la scie du moulin pendant la nuit. Quand Mille Acres apprit qui j'étais il me retint prisonnier. Quant à Susquesus, Jaap vous a dit sans doute le message dont il l'avait chargé.

— Sans doute. Mais tout cela ne nous explique pas pourquoi vous nous avez quittés ainsi après votre longue conversation avec Ursule. La pauvre enfant a le cœur bien gros, Mordaunt mais il nous a été impossible de lui arracher un seul mot d'explication convenable. Il faut que vous me mettiez au courant car j'ai voulu la faire parler en venant et elle est restée impénétrable...

— Comment, m'écrai-je. Ursule est avec vous?

— Chut ! Parlez plus bas. Inutile que ces squatters le sachent. Oui, elle est là, à l'entrée du bois, en éclaireur...

— Pourquoi l'avoir exposée ainsi ?...

— Elle n'a rien à craindre, Mordaunt. La femme est respectée partout en Amérique. Puis elle a voulu venir.

Cette idée qu'Ursule était seule dans les bois me désolait.

J'interrogeai le porte-chaîne qui, brièvement, m'apprit qu'aussitôt qu'il avait été prévenu par Jaap, il s'était consulté avec Franck et sa mère. Que Franck, dans la nuit, s'était rendu à Ravensnest pour obtenir des mandats d'arrêt contre le Squatter et sa bande et que de grand matin lui-même s'était mis en route avec le nègre et Ursule pour tâcher de me découvrir, ce qu'il n'était arrivé à faire qu'au prix de mille difficultés.

Je connaissais le reste.

— 49 —

Un message d'Ursule

Une message d'Ursule

Ursule était donc près de moi, épiant les mouvements de son père. S'il était retenu prisonnier par les squatters elle devait rejoindre son frère.

Une chose me tranquillisait. C'était de savoir Jaap auprès d'elle.

Elle était venue, non pour intérêt pour moi, mais par affection pour son oncle. Malgré cela je n'en admirai pas moins son courage et sa résolution et je le dis au porte-chaîne.

— Ah ! voyez-vous, Mordaunt, quand l'enfant veut, elle veut bien. Elle m'a remis un bout de billet pour l'un des fils de Mille-Acres, un garçon qui venait souvent chez nous et dont j'étais loin de supposer que le scélérat de père demeurait par ici. Zéphane, c'est son nom, a travaillé pour nous. Je crois même qu'il en tient pour Ursule et ne serait pas fâché de l'épouser.

— Quoi ! m'écriai-je indigné. Un Zéphane Mille-Acres se serait permis d'aspirer à la main d'Ursule Malbone ! Et vous dites qu'elle a écrit à ce jeune homme.

— Sans doute et voici la lettre. Mais je crois reconnaître le destinataire. Je vais l'appeler.

A la voix du vieillard Zéphane s'approcha.

— Jeune homme, voici une lettre que je suis chargé de vous remettre. Un mot encore : Quand vous étiez parmi nous, nous ne vous avons pas emprisonné comme une bête sauvage, n'est-ce pas ? Et vous voyez ici comme on nous traite !

Zéphane parut fort ennuyé de ces reproches auxquels il ne trouva rien à répondre. Il prit la lettre, l'ouvrit, mais comme son instruction était fort bornée, il ne parvenait pas à la déchiffrer.

Moi je le suivais des yeux, le cœur gros de jalousie et ma joie fut immense quand s'approchant de moi, il me pria avec instance de la lui lire.

Voici ce qu'elle contenait.

« Monsieur,

« Vous avez paru me témoigner quelqu'estime. Aujourd'hui je viens vous demander un service.

Mon oncle se rend auprès de votre père pour lui demander la liberté du major Littlepage. Si quelque obstacle s'élevait au retour de mon oncle, je vous prie de me le faire savoir aussitôt. Je suis dans le bois, du côté de l'Orient.

« Je vous demande aussi, Zéphane, de vous intéresser au sort du major Littlepage. Sa famille est puissante et s'il lui arrivait malheur, elle ne pourrait vous soustraire au châtiment.

« Protégez ce jeune homme, je vous en supplie du fond du cœur.

« Je n'ai pas été tout à fait étrangère aux projets qui vous l'ont livré et s'il lui arrivait quelque accident, je n'aurais plus un seul instant de bonheur.

« Ne l'oubliez pas Zéphane et agissez en conséquence.

» Je vous dois, je me dois à moi même d'ajouter que la réponse que je vous ai faite à Ravensnest, le jour de « l'érection » est, à tout jamais ma réponse définitive.

« Mais si vous avez réellement pour moi les sentiments que vous m'avez manifestés alors, sauvez le major Littlepage, ancien ami de mon oncle, et dont la sûreté, par suite de circonstances que vous apprécieriez pleinement si vous les connaissiez, est absolument nécessaire à ma tranquillité.

« Votre amie,

« Ursule Malbone. »

Ce que je fus honteux de ma stupide jalousie après avoir lu cette lettre ! Comment j'avais osé supposer qu'Ursule Malbone aimait un Zéphane Mille-Acres ! Je me serais volontiers battu.

— En quoi puis-je vous servir, major ? me demanda le jeune homme.

— Vous pouvez nous ouvrir la porte de notre prison et nous laisser gagner le bois. Une fois là nous défierions toute poursuite Si vous y consentez je m'engage à vous donner cinquante acres de bonne terre.

L'offre était séduisante. Mais le fils du Squatter, secouant la tête, répondit :

— Si un père ne peut se fier à son propre fils, à qui se fiera-t-il dans la nature ?

— Mais personne ne doit aider à faire le mal. La loi lui en demandera compte.

— Oh ! la loi. Ce qu'il s'en inquiète peu ! Toute sa vie il a été en hostilité contre elle.

— C'est ce que l'on verra. Mais, dites-moi, votre père est-il sérieusement blessé ?...

— Ce ne sera rien. Quelques égratignures.

— Que pensez-vous qu'il fasse ?

— Est-ce que l'on sait ! Il nous faudrait pouvoir vous garder quatre mois. Cela est-il possible. Et si nous vous lâchons vous mettez la justice à nos trousses...

Laviny survenant à cet instant, avertit Zéphane que le conseil de famille allait se réunir à nouveau et le jeune homme partit.

— Laviny, dis-je alors à la jeune fille. Vous êtes bonne, compatissante, puis-je me fier à vous ?...

— Parlez me dit-elle. Il me semble que pour vous je puis tout tenter.

— Me promettez-vous le secret le plus absolu?

— Je vous le promets.

— Eh bien. Ursule Malbone, la nièce du porte-chaîne est ici tout près dans les bois. Elle a accompagné son oncle jusqu'à l'entrée de la clairière.

Regardez, à l'est, de ce côté, voyez-vous ce tronc d'arbre noirci, dans le champ de blé, derrière l'habitation de votre père ?

— Parfaitement.

— Bien. Regardez maintenant, à gauche de ce tronc, apercevez-vous ce grand châtaignier, tout à fait sur la lisière du bois ?...

— Je le vois aussi et je le connais à merveille. Il y a au pied une source d'eau.

— Eh bien c'est là qu'est la nièce du porte-chaîne. Oseriez-vous bien aller par là, non pas en droite ligne, mais en vous promenant de côté et d'autre et lui remettre une lettre ?...

— Rien de plus facile. Je ferai semblant de chercher des mûres. Je cours chercher un panier. Vous, pendant ce temps, préparez votre billet.

Pendant qu'elle s'éloignait j'arrachai une page de mon porte-feuille et, m'approchant du vieil André, je l'informai de ce que j'allais faire et je lui demandai ce qu'il fallait ajouter pour lui.

— Donnez-lui ma bénédiction, Mordaunt. Dites-lui que son vieil oncle prie Dieu pour elle.

J'expliquai en peu de mots à Ursule notre position que je lui peignis sous un aspect moins désespéré qu'elle ne l'était réellement. Je la suppliai de retourner auprès de son frère et de ne plus le quitter. Je finissais en lui laissant sous-entendre que mes sentiments pour elle étaient plus vifs que jamais.

Je finissais cette lettre quand Laviny revint, nous apportant un pot de lait afin d'avoir un prétexte pour s'approcher du magasin.

Elle prit mon billet et s'enfuit du côté des champs, en criant à ses sœurs qu'elle allait cueillir des mûres pour les prisonniers.

Au bout d'une demi-heure, je la vis près du châtaignier. Puis, après un court instant d'attente, elle pénétra dans la forêt où, sans doute, elle venait d'apercevoir Ursule.

Une heure entière s'écoula et je ne la revis plus.

A ce moment j'aperçus Zéphane qui, avec deux de ses frères, s'approchait du magasin, une clef à la main. Je crus que j'allais être appelé à comparaître devant le tribunal de Mille-Acres, mais je me trompais. C'était à l'Onondago seul que l'on voulait parler.

— Indien, dit le jeune homme, le père vous propose de sortir sous conditions

— Lesquelles ?...

— Donner votre parole de ne pas vous en aller, de rester dans la clairière et d'accourir de vous-même quand la conque se fera entendre trois fois.

— Conditions acceptables et faciles. Après ?

— Ne pas rôder du côté du moulin ni de la grange pour y chercher des armes et de ne prendre parti pour personne.

— Bon. Facile encore.

— Promettre, si les choses en venaient au pis, de ne scalper ni femmes, ni enfants, ni aucun homme que vous n'auriez pas terrassé en bataille ouverte.

— Bien ! L'Onondago ne scalpera personne.

— Alors vous acceptez ?

— J'accepte.

Et l'Onondago fut délivré.

J'adressai alors la parole à Zéphane.

— Mais si nous vous donnions notre parole ne pourrions-nous point jouir de la même liberté ?

— Le père ne veut pas, major.

Porte-chaîne, continua-t-il, il a été aussi question de vous demander votre parole, mais, finalement, on a jugé plus sage de vous garder prisonnier.

— Votre père est libre, jeune homme. Je ne lui demande pas de faveur. Nous sommes à couteaux tirés. Qu'il prenne garde à lui et à son bois.

— C'est ce qu'il faudra voir, porte-chaîne nous saurons nous défendre.

— Retire-toi, jeune fou. Tu es le fils de ton père, c'est tout dire. Retire-toi.

Zéphane et ses frères s'éloignèrent après cette rebuffade.

Susquesus, lui, resta à rôder dans les environs du magasin, paraissant fort ennuyé de n'avoir rien à faire.

Puis, au bout de quelques instants, apparut un autre détachement, conduit cette fois par Tobit.

On venait nous chercher pour nous conduire à la hutte de Mille-Acres, où tous les hommes de la famille étaient assemblés et où nous allions être soumis à une sorte de jugement d'où devait dépendre notre sort.

Je ne savais trop si nous devions nous prêter à cette sorte de comédie. Mais le porte-chaîne me l'ayant conseillé nous suivîmes Tobit, escorté par quatre des fils de Mille-Acres, tous bien armés.

CHAPITRE XXI

Une cour de justice

Devant la porte de la maison du Squatter une sorte de cour de justice avait été établie. Lui-même siégeait au milieu. Il y avait aussi quelques femmes parmi lesquelles Prudence, deux ou trois de ses filles et Laviny.

Tobit nous fit entrer dans la maison et nous plaça près de la porte en face de son père. La foule qui se tenait derrière nous empêchait toute retraite.

« Porte-chaîne, commença Mille-Acres, vous êtes toujours à nous contrecarrer moi et les miens depuis que nous nous sommes rencontrés pour la première fois. Vous êtes notre ennemi par métier et vous avez été assez osé pour vous livrer vous-même entre nos mains.

— Je suis l'ennemi de tous les fripons, Mille-Acres. C'est vous qui êtes mon ennemi par métier, car avec votre habitude de voler les terres vous ne laissez guère d'ouvrage aux arpenteurs.

— Ne nous fâchons pas, porte-chaîne. J'entends discuter paisiblement.

— Ecoutons ce que Mille-Acres peut dire pour excuser sa conduite, dis-je en intervenant. Nous répondrons ensuite.

— Je ne demande pas mieux que de discuter, jeune homme, continua Mille-Acres. Dieu, dans les commencements, n'a pas institué de propriétaires.

— Mais alors pourquoi votre droit serait-il meilleur que celui de tout autre homme ? interrompit dédaigneusement André.

— Parce que j'ai dressé ma tente en ces bois avant que nul autre ne l'eut dressée. Et qu'occupation vaut tous les droits.

La discussion prise sur ce ton ne pouvait aboutir à grand'chose.

Les excellents arguments que le vieil André apportait à chaque instant pour la réfutation de la thèse de Mille-Acres, semblaient, visiblement, déconcerter celui-ci. Et ses fils, eux-mêmes paraissaient découragés.

— Ah ! fit à un moment le porte-chaîne. Vous avez été terriblement modeste de vous dénommer seulement Mille-Acres. C'est Dix-Mille-Acres que l'on aurait du vous appeler.

Le vieux Squatter se sentit froissé de cette ironie.

— Qu'on le ramène en prison ! s'écria-t-il.

Une escorte se forma pour accompagner mon vieil ami et il en résultat un moment de confusion pendant lequel tout le monde étant sorti je vis Laviny, un doigt sur les lèvres pour me recommander le silence, me faire signe d'entrer dans un petit corridor communiquant avec le toit par le moyen d'une échelle.

Je fis ce qu'elle me commandait et dès que je fus dans le corridor, seul avec la jeune fille, mon premier mouvement fut de me précipiter à la fenêtre qui n'avait pas de vitres. J'allais passer à travers quand Laviny m'arrêta.

— Vous seriez vu, pris et tué à l'instant. De grâce n'essayez point de sortir à présent. Tenez, il y a un trou qui sert de cave. Voilà la trappe; descendez et attendez là que je vous donne de mes nouvelles.

Il n'y avait pas de temps à perdre. Elle leva la trappe et je me laissai glisser dans la cave.

J'entendis la jeune fille qui tirait une caisse sur la trappe et je crus distinguer le craquement des bâtons de l'échelle, pendant qu'elle montait au grenier, qui était sa chambre à coucher.

Tout cela n'avait pas duré une minute.

Une autre minute s'était à peine écoulée que j'entendis une forte rumeur au-dessus de moi. On venait de s'apercevoir de ma disparition et on me cherchait de tous côtés.

Puis j'entendis la voix aigre de Prudence :

— Laviny ! Laviny ! Où êtes-vous donc passée ?...

— Je suis ici, ma mère, répondit la jeune fille. Vous m'avez dit de monter pour chercher votre nouvelle Bible.

C'était la vérité et cette circonstance suffisait pour écarter tout soupçon de connivence de sa part.

— Il ne faut à aucun prix qu'il s'échappe ! s'écriait Mille-Acres, où nous sommes tous perdus. Nous n'aurions pas le temps de mettre la moindre chose de côté.

— Il est en haut ! s'écria une voix.

— Il est à la cave ! exclama un autre.

Et tandis que les uns couraient au grenier, d'autres, retirant le coffre, découvraient la trappe et la relevaient.

Un rayon de jour me permit de distinguer l'endroit où j'étais. Le trou pouvait avoir vingt pieds carrés. Il ne s'y trouvait que deux tonneaux remplis de porc et quelques vieilles futailles vides.

Je me blottis dans un coin obscur. Bientôt cinq personnes, dont trois femmes descendirent pour explorer. Je m'aperçus qu'à ce moment, une quatrième femme qui n'était autre que Laviny se tenait à l'entrée de la trappe de manière à intercepter le plus possible la lumière.

Le premier homme qui était descendu commença par bouleverser les futailles et par regarder dans les coins. Une heureuse idée me vint d'en faire autant et de me mettre à ma recherche avec autant d'ardeur que qui que ce fut.

L'obscurité, m'empêcha d'être reconnu et fit réussir le stratagème.

— Il n'est pas ici, s'écria bientôt Tobit en regagnant l'échelle. Voyons la fenêtre !

Je restai seul dans la cave. Ma position était loin d'être agréable. Je ne pouvais m'échapper de ce trou obscur sans retomber entre les mains des Squatters. Il y avait, tout à la fois, danger et ridicule d'être pris.

J'en étais là de ces réflexions quand la trappe s'ouvrit de nouveau et Laviny me fit signe de monter la rejoindre.

— Chut, dit-elle, ne parlez pas. Ils sont à vous chercher tout près et ils pourraient bien me suivre ici. Je veux vous faire sortir de la cave parce qu'ils vont l'explorer de nouveau et, cette fois, ils vous trouveraient. Il faut vous glisser jusqu'au moulin. Il est arrêté actuellement et il n'est pas, je crois, prêt de remarcher de longtemps.

— Mais ils vont me voir, ma chère enfant.

— Non. Ils ont tous les regards dirigés de l'autre côté de la maison. Glissez-vous jusqu'à cet amas de bois et vous êtes sauvé. Une fois au moulin grimpez jusqu'aux combles.

Rapidement je calculai, mes chances.

A cent pieds de la maison étaient couchés des bois de construction, de 2 à 4 pieds de diamètre, se succédant sans interruption jusqu'à l'entrée du moulin. La difficulté était de franchir cet espace complètement découvert. La maison masquait bien un peu, mais des enfants couraient çà et là qui pouvaient m'apercevoir.

Enfin je me décidai à tenter l'aventure. Me jetant à terre, je rampai tout doucement le long de cet espace terrible et j'arrivai sans encombre derrière les arbres coupés.

Je n'avais pas été vu !

Le reste ne fut qu'un jeu. Je gagnai le moulin.

Ici les difficultés recommençaient. Je ne pouvais arriver aux combles sans me mettre en évidence.

Je levai la tête pour voir ce qui se passait.

A la porte de la maison était Laviny qui paraissait être dans une vive anxiété. Je lui fis un signe d'encouragement et, mettant le pied sur une poutre qui faisait saillie, je me trouvai bientôt huché sur le moulin. A peine étais-je resté en vue quelques secondes.

Aucun cri ne fut poussé ce qui annonçait que j'avais réussi.

Cette fois je sentis qu'une lueur d'espérance se glissait dans mon cœur et j'envisageai sérieusement la possibilité de me sauver.

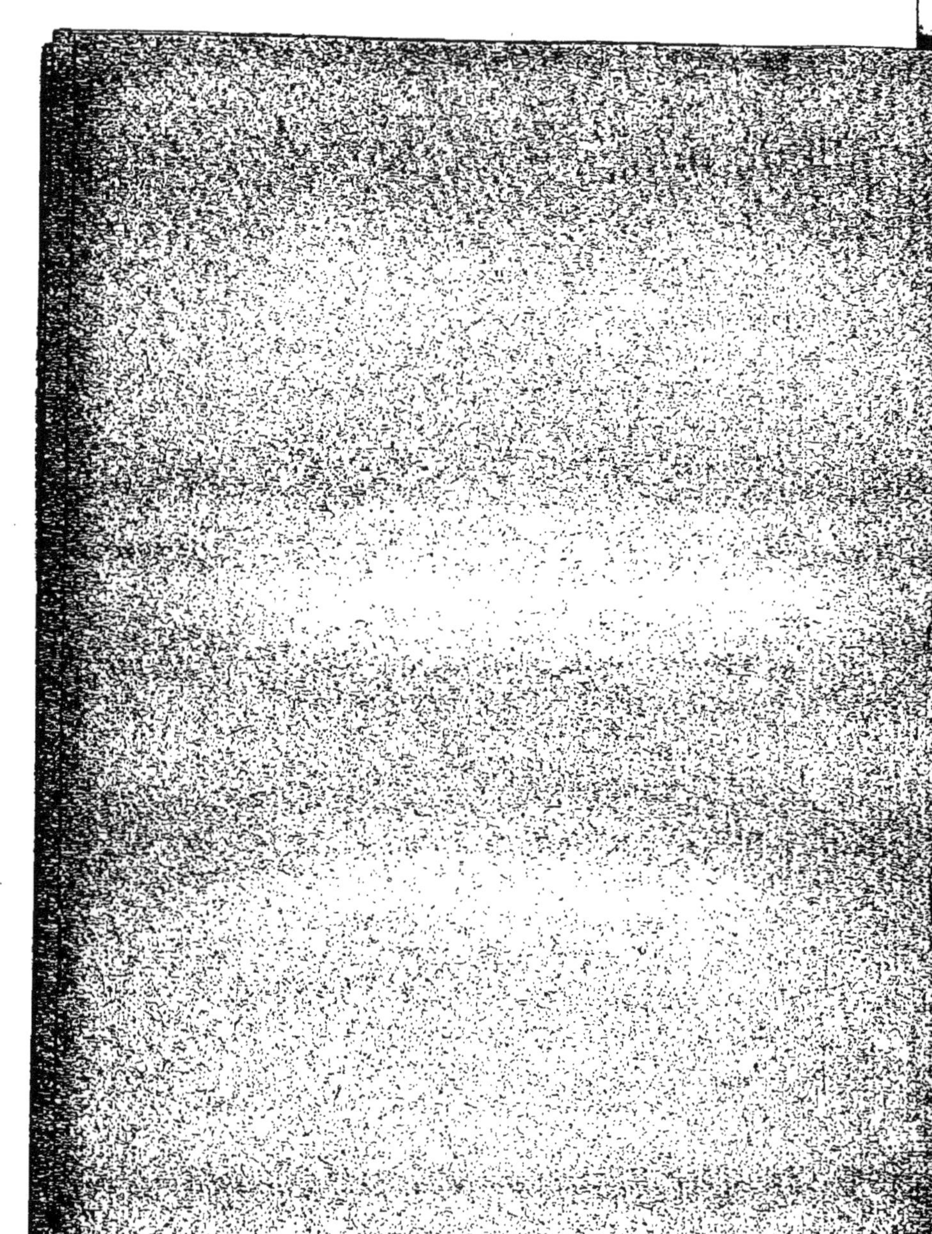

CHAPITRE XXII

Délivré et repris

Bien qu'améliorée ma situation restait encore critique.

Mon premier soin fut, à l'aide de quelques planches de rebut de me former une sorte d'abri qui me dérobait à la vue de ceux qui pourraient entrer dans le moulin, puis à l'aide de mon couteau je parvins à faire dans la toiture un trou qui me permit d'observer les alentours.

Les recherches se poursuivaient activement, mais sans donner de résultat. Mes ennemis étaient stupéfiés de mon incompréhensible disparition.

Sur un signe de leur père, les sept grands garçons se rassemblèrent et une sorte de conciliabule se tint près du moulin, presque directement au-dessous de moi, ce qui me permit de voir et d'entendre.

Durant ce temps les plus jeunes enfants avaient été placés en observation pour, en cas de besoin, signaler ma retraite s'ils la découvraient.

— Cette fuite me paraît inexplicable, Tobit, fit Mille-Acres. Où diantre peut-il être caché ?

— Ah ! si nous ne le retrouvons pas, la justice ne va pas tarder à arriver. Ce n'est pas Newcome qui nous soutiendra quand il nous verra dans l'embarras !

— Je suis certain que si les choses se gâtent, il nous fera prévenir de déguerpir.

— Alors il nous faudra perdre tout le fruit de notre travail ?...

— Non ! Non ! s'écria Mille-Acres avec une farouche énergie. Nous avons combattu les Anglais, au nom de la liberté. Nous lutterons encore contre ce qui est de nature à nous ravir notre bien légitime, en dépit de tout ce que peuvent dire les mauvaises langues.

Tous les fils déclarèrent aussitôt qu'ils étaient prêts à résister jusqu'à la dernière extrémité.

— Mais enfin, questionna Zéphane, que ferons-nous de ce jeune insolent si nous le reprenons. Le garder est impossible. On s'apercevra de sa disparition et on le recherchera ?

— Eh bien qu'on vienne le chercher et on trouvera à qui parler. S'il retombe entre mes mains, il faut qu'il me fasse cession en bonne forme de deux cents acres de terres et du moulin et qu'il me donne quittance de tout le passé. Sinon il ne sortira point vivant d'ici.

Ils semblèrent réfléchir.

— Des actes semblables, reprit enfin Zéphane, n'ont parait-il aucune espèce de valeur au point de vue des lois.

— Le diable les emporte avec leurs lois. Zéphane vos fréquentations avec ces gens de l'établissement vous ont faussé l'esprit.

— Mon père, je suis d'âge à me marier et il était naturel que je cherche une femme dans le voisinage.

— Et quel est le nom de l'objet charmant que vous avez trouvé ?

— Ursule Malbone, la nièce du porte-chaîne. Mais je ne dois point cacher que l'espoir que j'avais hier encore est déçu. Je ne dois plus penser à elle.

— Peste, la mijaurée, elle fait bien la fière. Refuser un fils de Mille-Acres. Eh bien, mon fils nous allons la faire changer d'idée. Demeure-t-elle dans la forêt avec le vieil André ?

— Oui, mon père.

— Lui est-elle attachée ?

— Elle le chérit comme son enfant.

— Eh bien, courez l'avertir que son oncle est ici. Elle viendra le voir. Nous durant ce temps nous enverrons chercher Newcome et nous vous marierons.

Zéphane parut goûter extrêmement cette proposition.

— Tenez, père, fit-il, voilà Laviny là-bas. Interrogez-la. Elle connait Ursule Malbone.

— Venez ici, Laviny ! commanda Mille-Acres. Et dites-nous ce que vous savez au sujet de la nièce du porte-chaîne ?...

— Zéphane m'a souvent dit qu'il désirait l'épouser, mais je ne l'ai vue qu'aujourd'hui, pour la première fois.

— Comment aujourd'hui. Et où donc l'avez-vous vue ?...

— A l'entrée de la clairière avec son oncle et...

— Et quoi ?... Achevez donc ! fit Mille-Acres avec impatience.

— Voilà. J'étais allée cueillir des mûres. J'ai vu dans le bois une jeune fille qui m'a causé et m'a dit être la nièce du porte-chaîne. Elle attendait son oncle pour s'en retourner.

— En voilà une histoire, garçons ! Et savez-vous où elle est maintenant, Laviny ?

— Elle m'a dit qu'elle allait s'enfoncer dans la forêt de peur d'être vue. Mais une heure, avant le coucher du soleil, elle doit revenir au pied du grand châtaignier qui est dans le champ aux mûriers et j'ai promis de l'aller rejoindre.

Le vieux Squatter crut ce que lui disait Laviny.

— Allons mes enfants, fit-il reprenons nos recherches.

Et tous s'éloignèrent sauf Laviny qui s'assit sur une pièce de bois au pied même du moulin.

Quand elle fut certaine de ne pouvoir être entendue :

— Etes-vous là ? demanda-t-elle à voix basse.

— Je suis ici, ma bonne Laviny, grâce à votre amitié. Avez-vous remis mon billet ?

— Oui, j'ai vu Ursule Malbone et je lui ai donné votre lettre. Nous sommes restées plus d'une demi-heure à causer. Elle est là-bas sous un rocher très près du châtaignier.

— Dites, Laviny. Ne puis-je me glisser jusqu'au lit de la rivière et aller ainsi par un circuit la rejoindre et l'avertir du danger qu'elle court ?

— Allez, me dit-elle avec empressement. Gagnez à l'abri du toit cette poutre qui s'avance à l'angle du moulin. Elle descend jusqu'au roc d'où l'eau se précipite. Là, vous attendrez que je vous dise de passer sur la poutre. Arrivé sur le roc vous trouverez un sentier suivant le bord de l'eau jusqu'à un petit pont en bois. Vous le traverserez et, par un petit chemin à gauche, vous atteindrez la clairière. Le rocher est à cinquante pas, à droite du châtaignier.

J'exécutai avec empressement ces instructions.

— Allons, vite ! me cria-t-elle au bout d'un instant pour m'indiquer que le moment était propice.

Un quart d'heure après, j'étais près du châtaignier.

Comme je sortais du milieu des mûriers je vis Jaap qui s'avançait vers moi, une carabine sur chaque épaule.

— Merci, mon fidèle Jaap, dis-je en m'emparant, de l'une de ces armes. Conduis-moi vite auprès de miss Malbone.

— Elle est tout près d'ici maître. Elle est toute en larmes et ne parle que de vous. J'ai eu toutes les peines du monde à l'empêcher de courir aux huttes et de se livrer à ce vieux coquin de Mille-Acres.

J'eus bientôt rejoint Ursule et Jaap se chargeant encore des deux armes se retira discrètement à l'entrée de la clairière.

Ursule me fit un accueil des plus touchants.

— Partons, Ursule, partons ! m'écriai-je.

— Partir en laissant mon oncle entre leurs mains ! Est-ce vous qui me donnez ce conseil, Mordaunt ?

— Il le faut Ursule. Ces misérables veulent s'emparer de vous.

— Mordaunt Littlepage, me dit alors gravement Ursule, avez-vous oublié les paroles que j'ai prononcées lors de notre dernière séparation ? Ne vous ai-je pas dit que je n'étais point libre et qu'un autre réclamait toutes mes affections ?

— Si, si, lui dis-je. Mais pourquoi vous plaire à aviver ainsi mon désespoir ?

— Parce que cet homme à qui toute ma vie appartient est dans cette habitation.

— Ah ! m'écriai-je avec douleur. Comment vous Ursule, vous aimeriez un squatter! Zéphane, le fils à Mille-Acres !

Ursule surprise me jeta un regard de vif reproche puis ses larmes coulèrent avec abondance.

Je venais de la blesser cruellement.

Nous restâmes quelque temps sans parler, puis

d'un ton ferme et en quelque sorte solennel elle me déclara :

— Je ne suis point descendue aussi bas que vous le supposez, monsieur Littlepage. Mais je vous pardonne vos suppositions car la méprise qui s'est produite en votre esprit est explicable. Mais il faut que toute ambiguïté cesse entre nous. Vous sauriez tout depuis hier si vous ne vous étiez enfui aussi précipitamment. L'homme à qui je me suis dévouée ; celui auquel toute ma vie appartient, c'est celui qui s'est toujours sacrifié pour moi, mon bon oncle, le porte-chaîne.

— Ursule ! miss Malbone ! Pardonnez-moi, j'étais fou ! Je me supposais un rival. Votre cœur est donc libre ? continuai-je avec transport.

— Vous mériteriez bien que je vous réponde non ! Mais je préfère la vérité à la coquetterie. Si nous étions dans le monde, Mordaunt, je sens que je vous préférerais à tous les hommes. Jugez si, au milieu de cette forêt vous pouvez avoir un rival !

Alors j'oubliai tout. Le danger de ma position, l'endroit où nous nous trouvions, la proximité de mes ennemis. J'oubliais le monde, je ne voyais qu'Ursule, Ursule qui ne me défendait point de l'aimer et d'espérer.

Mon rêve fut brutalement ramené à la réalité par une voix rauque qui cria :

— La voici, père ! Ils sont ici tous les deux !

Tobit, Zéphane et Laviny étaient devant moi. Derrière eux accouraient Mille-Acres et ses autres garçons. En moins d'une minute nous étions entourés et prisonniers.

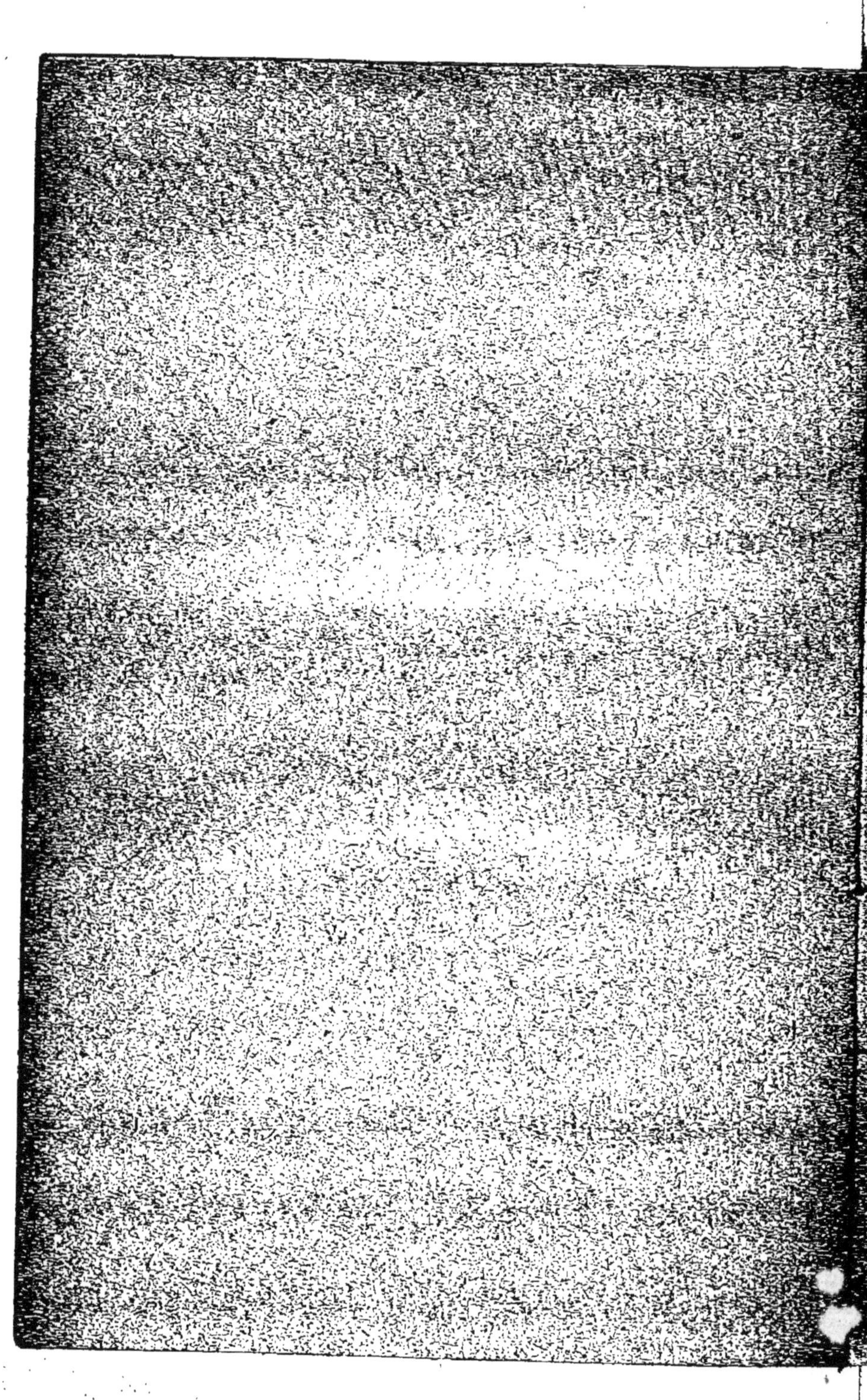

CHAPITRE XXIII

Les surprises du porte-chaîne

— Ah ! major, s'écria Mille-Acres. Vous voilà pris au nid. Vous ne connaissez point le vieux Squatter. Vingt milles de forêts ne vous auraient pas garanti. Choisissez, maintenant. Où nous accompagner de bonne grâce où nous suivre de force.

Je me résignai. La captivité me semblait moins dure puisque j'allais la partager avec Ursule.

Tous deux nous marchâmes en avant, tandis que les squatters, à quelque distance de nous, nous entouraient d'un cercle formidable.

— Courage, Ursule, lui murmurai-je. Ces misérables n'oseront se livrer à aucun excès.

— Qu'ai-je à craindre, me répondit Ursule avec un enivrant sourire. Ne suis-je point près de vous et de mon oncle. Du reste nous ne saurions tarder à avoir des nouvelles de Franck, parti à Ravensnest chercher du renfort.

Je lui serrai tendrement la main et elle me rendit mon étreinte.

A la porte de la première des huttes on nous sépara. Ursule fut confiée à la garde de la femme de Mille-Acres et je fus ramené dans le magasin.

J'appris à André ce qui s'était passé, et je ne pus cacher mon étonnement de voir que Susquesus lui tenait compagnie.

— Quand l'Indien a appris que j'étais seul, il a rendu sa parole et recouvré sa liberté d'action. Tous trois maintenant, pourrons quand vous le voudrez déterrer la hache contre ces squatters.

Je compris que Susquesus, en vue d'événements que sans doute il prévoyait avait voulu se dégager de sa parole et n'être plus astreint à la neutralité qu'il s'était imposée.

Par bonheur Jaap était toujours libre et il allait, sans doute, rejoindre Franck Malbone qui ne devait plus être loin avec la force armée. Malgré leur entêtement les squatters, vu leur petit nombre, ne pourraient résister bien longtemps mais la lutte pouvait être sérieuse.

— Dieu sait comment tout cela va finir, Mordaunt. J'ai confiance en Franck. Il mènera cela vigoureusement. Tenons-nous prêts, tous trois, à le seconder.

— Mais êtes-vous certain que Newcome accordera le mandat d'arrêt.

— Euh ! Il ne peut s'y refuser. Tout ce qu'il peut faire c'est de prévenir Mille-Acres en sous-main et de tâcher de gagner du temps. Mais Franck ne se laissera pas berner. Il a le droit et la loi pour lui ; il les fera valoir.

Puis nous parlâmes d'Ursule et j'avouai au porte-chaîne que je venais de lui promettre solennellement de l'épouser et qu'elle n'avait point rejeté mes vœux.

— Oui, lui dis-je, en lui saisissant la main. Je veux accomplir le vœu que vous aviez si souvent formé. Mon plus grand désir est de vous avoir pour oncle.

Le vieux porte-chaîne qui, depuis mon arrivée à Ravensnest, ne m'avait plus reparlé de ces projets d'autrefois, ne semblait point apprendre cette nouvelle avec la joie que j'attendais.

— Mais ne seriez-vous donc plus consentant à cette union, André ? lui demandai-je avec inquiétude.

— Ah ! Mordaunt, quand nous causions ainsi nous étions tous deux capitaines. J'étais votre ancien. La distance qui nous sépare aujourd'hui n'était pas aussi grande. Mais la nièce d'un porte-chaîne alliée au fils du général Littlepage, non cela ne se peut pas.

— Je ne suis point de votre avis, mon vieux camarade. L'affaire, au reste est décidée entre moi et Ursule et vous n'avez plus qu'à vous incliner. Je l'aime plus que tout au monde, et elle sera ma femme. Mais voici ces bandits qui reviennent.

Il faisait déjà nuit. Tobit et ses frères me conduisirent en compagnie du porte-chaîne devant le vieux Mille-Acres.

Pendant le trajet nous décidâmes tous deux de faire traîner les choses en longueur pour donner le temps à Franck d'arriver et il fut entendu que nous profiterions de la confusion qui se produirait alors pour nous échapper et rejoindre nos amis.

Le conseil, cette fois, se tenait à l'intérieur de la maison, dans une demi obscurité car seule la clarté d'un grand feu dans l'âtre de la cheminée éclairait la salle.

Je crus m'apercevoir que les figures étaient moins hostiles et que le vent semblait être à la conciliation.

On nous fit donner des sièges et d'une voix moins agressive le vieux Squatter commença.

— Il est temps, porte-chaîne, de terminer ce différent. La famille est sens dessus dessous et tout le travail arrêté. Ce n'est pas la première difficulté de ma vie que je sois parvenu à débrouiller. Je suis un vieillard maintenant, je vois les choses plus posément et je ne me refuse point à entrer en arrangement. Est-ce aussi votre façon de voir, porte-chaîne ?...

— Je vous répondrai avec autant de politesse que vous en mettez Mille-Acres, répondit le vieil André. Comme vous venez de le dire la modération sied aux vieillards et entre nous deux, je crois, nous n'avons que ce point de commun : l'âge. L'un et l'autre sommes assez avancés dans la vie pour comprendre la philosophie des choses. Si Ursule le voulait, elle nous expliquerait les grandes vérités de la Bible et vous en tireriez profit, vous, de même que Prudence. Vous me paraissez être dans des dispositions convenables pour cela. Ma nièce n'est pas loin d'ici, paraît-il, et...

— Et c'est justement d'Ursule que je veux vous parler. Tous deux nous avons la même bonne opinion de cette jeune personne. Vous verrez que, grâce à elle, nous allons nous réconcilier et devenir bons amis. Je viens de l'envoyer chercher. Elle va venir.

On attendit quelques minutes, puis le cercle

qui nous entourait s'entrouvrit et Ursule parut, la démarche ferme, l'air intrépide. Nous échangeâmes un regard rapide mais éloquent. Puis, aussitôt qu'elle eut aperçu le porte-chaîne elle se précipita dans ses bras.

Qu'elle me sembla charmante alors et que sa grâce et sa beauté éclipsait celles de miss Priscilla !

Mille-Acres ne s'opposa nullement à ces effusions mais sitôt qu'elle se fut arrachée des bras de son oncle elle prit place auprès de lui sur le siège grossier que je venais d'avancer. Attention qui m'attira un doux sourire de sa part et un terrible coup d'œil du vieux Squatter auquel ces prévenances parurent intempestives.

Un silence se fit puis un des fils de Mille-Acres, Aaron prit la parole :

— Nous sommes ici pour régler tous nos différents. Quand des hommes assemblés pour un semblable motif sont animés d'un bon esprit la conclusion ne peut se faire attendre. Ce qui est juste est juste.

— Bien pensé ! fit le vieil André.

— Mon principe à moi, déclara alors Mille-Acres est de faire ce qui est bien sans m'occuper de ce que pense la loi. C'est sur ce principe que je veux assoir ma transaction.

— Voyons la transaction.

— Eh bien voilà. Le général Littlepage et son associé représentent les écrits. Moi et les miens nous représentons les faits. Il s'est élevé des difficultés entre nous. Mettons-y un terme. Vous, porte-chaîne, qui êtes l'ami des propriétaires, en écrits, que proposez-vous ?

— Je n'ai aucun pouvoir pour vous répondre mais voici le fils unique du général Littlepage. Il a sa procuration...

— Ah ! oui, ce procureur qui n'en est pas un ! s'exclama dédaigneusement le Squatter. Allons, l'est-il ou ne l'est-il pas ? Il faut s'entendre une bonne fois.

— Ce n'est pas un « procureur » au sens où vous l'entendez. C'est un soldat qui a vaillamment combattu pour la liberté.

— S'il aime tant la liberté, que ne la laisse-t-il aux autres.

— Eh ! Mille-Acres, fit railleusement André, si vous appelez liberté le fait de s'emparer des terres, appelez donc aussi liberté le fait de prendre des bourses !

— Vous allez trop loin, porte-chaîne. Voyez cette clairière et ces bois. Laissez-moi le temps de m'en défaire, — oh ! rien que des arbres abattus, je promets de ne pas en abattre de nouveau, — et l'on me reprendra à un prix convenable mes constructions.

— C'est à vous de répondre, Mordaunt. Moi je n'ai qu'à mesurer cette clairière quand vous m'en aurez donné l'ordre.

— Mesurer cette clairière ! s'écria Tobit sur un ton de menace. Il n'y a point d'homme dans la forêt qui puisse jamais se vanter d'avoir étendu sa chaîne ici.

— Vous faites erreur mon garçon. Cet homme existe et c'est moi. Moi, André Coejemans, dit le porte-chaîne.

La figure de Mille-Acres se rembrunit.

— Laissez-nous terminer cette affaire, Tobit. Porte-chaîne, reprit-il vous n'avez point répondu à ma proposition ?...

... C'est parce que ce soin me regarde seul, dis-je alors. Je ne suis nullement autorisé à faire de pareilles concessions. Du reste le pourrais-je qu'elles seraient nulles dans l'état de contrainte où je me trouve.

— La voilà bien la loi ! fit Mille-Acres avec dédain. Ecrit bon un jour, mauvais le lendemain. Mais ce n'est pas avec vous que je veux discuter, c'est avec le porte-chaîne, je comprends mieux son langage. Il est, comme moi un habitant des bois. Voyons, André, êtes-vous disposé à entrer en accommodement, oui ou non ?

— Oui, pour tout ce qui est juste et raisonnable. Autrement, non.

— Eh bien porte-chaîne, abordons la véritable question. Je veux trouver une compagne à mon fils Zéphane que voici. C'est un honnête, actif, laborieux, infatigable garçon. On ne trouverait pas son égal dans tout le pays. Un petit mariage ne pourrait-il nous mettre d'accord, porte-chaîne ?

— Ma foi, que votre garçon se marie ou ne se marie pas, en quoi voulez-vous que cela m'occupe ou m'intéresse ?

— En ceci, c'est que c'est votre nièce Ursule que je destine à mon garçon. On dirait qu'ils sont faits l'un pour l'autre. Voici donc ce que je propose. J'envoie chercher un magistrat et nous marions ces jeunes gens. La paix, alors, est irrévocablement signée entre nous. Puis nous nous arrangeons au sujet des terres. Vous êtes si bien avec les propriétaires que l'affaire ne traînera pas.

André avait enfin compris. Il se leva et se rapprocha de sa nièce comme s'il sentait qu'il allait avoir à la protéger.

— Oh ! s'écria-t-il. Vous voudriez qu'Ursule Malbone épouse Zéphane, pour parer aux dangers qui vous menacent et assurer l'impunité à vos éhontés brigandages !

— Mesurez vos termes, vieillard !

— D'abord laissez-moi répondre à votre demande d'union. Jamais, entendez-vous, jamais ma nièce n'épousera votre fils !

— Mais que ne laissez-vous votre nièce répondre elle-même.

— Il n'est pas de jeune fille qui ne soit fière de plaire à Zéphane ! déclara à son tour Prudence.

— Ah ! vantez votre marchandise tant que vous le désirerez. Elle ne nous tente pas. Cette enfant m'a été laissée par une sœur unique, à son lit de mort. Jamais elle n'épousera un fils de Mille-Acres, un Squatter ! Jamais ! Jamais !

Il fallait voir avec quel accent de mépris le vieil André avait prononcé le mot Squatter.

Des clameurs confuses s'élevèrent.

— Prenez garde, porte-chaîne, tonna Mille-Acres. Prenez garde !

— Prenez garde vous-mêmes, s'écria André en passant un bras autour de la taille d'Ursule. Arrière ! je vous l'ordonne ! Arrière ! car je ne veux plus rester un seul instant ici. Dans une heure ou deux, misérables, vous comprendrez toute la folie de votre conduite mais il ne sera plus temps et vous subirez le châtiment.

Le tumulte devint tel qu'on ne put rien entendre.

Mille-Acres se répandait en cris furieux et en malédictions. Les jeunes squatters violemment agités, s'étaient tous portés du côté de la porte tandis que le porte-chaîne, tenant Ursule étroitement enlacée, s'avançait lentement du même côté, faisant signe à la foule de lui ouvrir un passage.

J'allais également m'élancer quand, au milieu de cette scène d'affreuse confusion un coup de feu retentit et je vis tomber le vieil André Coejemans.

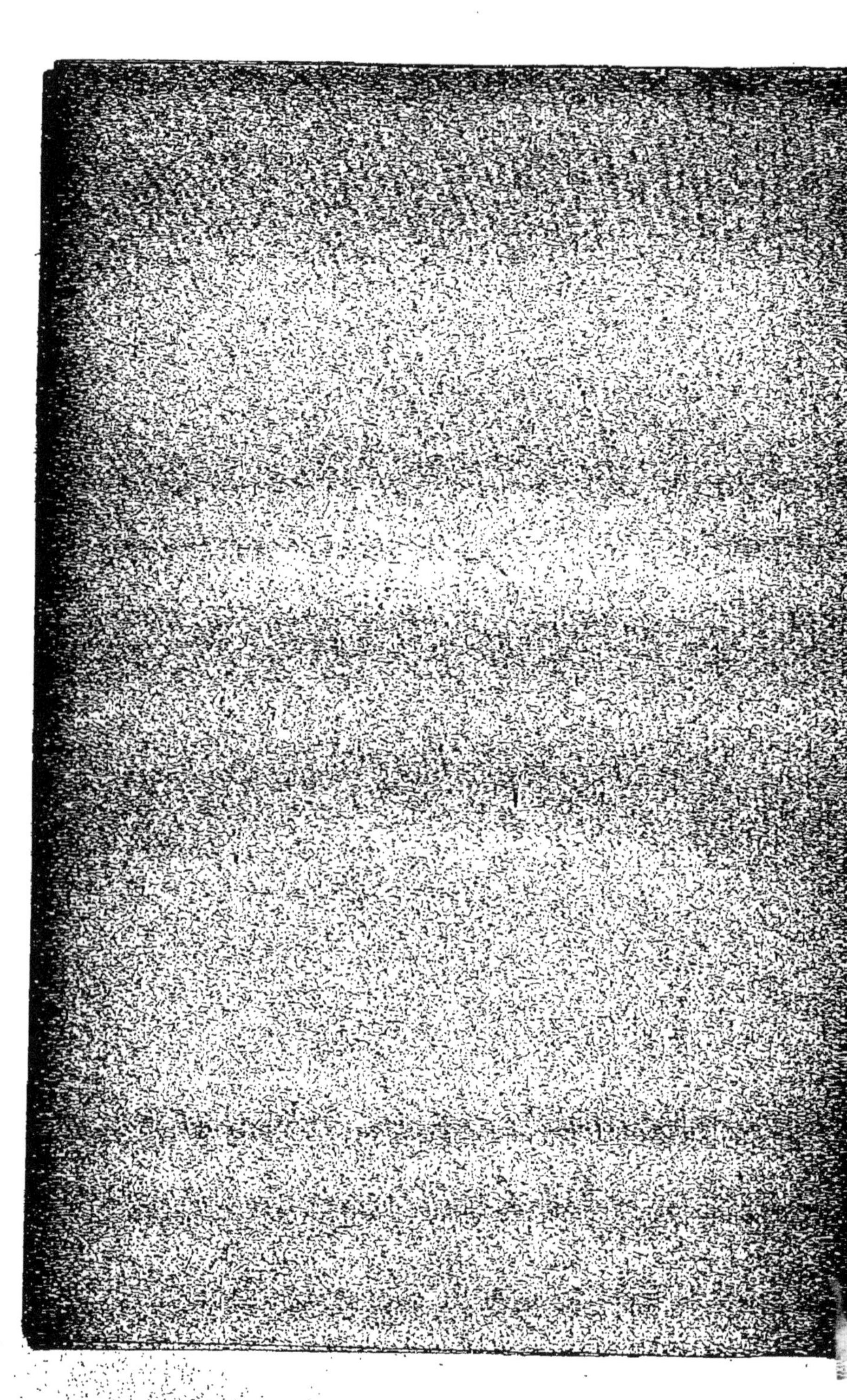

CHAPITRE XXIV

Arrivée des secours. — Mille-Acres blessé

Cet attentat inexplicable fit cesser le tumulte. Un silence profond succéda à la détonation. Ursule, debout près du corps de son oncle, semblait pétrifiée et douter encore du malheur qui venait de la frapper. Personne n'avait parlé, ni tenté de sortir, ni fait le plus petit mouvement.

Qui avait tiré ? Jamais on ne le sut positivement. Je crus d'abord que c'était Tobit. Plus tard j'inclinai à accuser Mille-Acres. Mais ce ne furent que des conjectures. Les squatters ne se trahirent pas. Ils semblaient résolus à être sauvés ou à périr ensemble.

Je m'étais précipité près d'Ursule et, la saisissant par le bras je la pressais de s'enfuir. En ce moment, j'en suis certain, personne ne se serait aperçu de notre disparition, mais elle, se dégageant doucement tomba à genoux à côté de son oncle.

— Il respire encore, dit-elle. Prodiguons-lui des secours. Peut-être sa blessure n'aura-t-elle point de suites funestes.

Zéphane s'avança et aidés de Irviny, nous réussîmes tous trois à placer le porte-chaîne sur le lit de Prudence.

J'examinai la blessure et, du premier coup d'œil je vis qu'elle était mortelle. La balle avait traversé deux côtes, de haut en bas et les organes de la vie avaient été atteints. Le vieil André ne tarda pas à reprendre connaissance et d'une voix faible, qui indiquait bien que la fin approchait il murmura :

— Ces squatters m'ont tué, mais je leur pardonne. Le coup est mortel. Je le sens. À soixante-dix ans ce n'était plus du reste qu'une affaire de jours. Ils n'ont pas, de beaucoup, écourté mon existence. Vous le savez Mordaunt, la mort ne m'a jamais fait peur. Ce que je regrette, c'est que l'arpentage de la concession ne soit point terminé. Je vous ai tant d'obligation.

— Ne parlons point de cela, camarade. Tâchez de dormir. Un peu de repos vous ferait du bien.

— Je vais m'endormir bientôt, Mordaunt, et ce sera de mon dernier sommeil. Dites bien à votre père, le général, que j'ai pensé à lui jusqu'à mon dernier moment.

— Ne parlez donc pas ainsi, André, vous vous fatiguez.

— Allons, pour consoler Ursule qui se tourmente, je vais fermer les yeux et jeter un coup d'œil dans mon intérieur.

Ursule et moi nous écartâmes pour le laisser reposer, mais elle eut soin de rester assise sur un siège, à portée de lui. Moi j'allai jeter un coup d'œil au dehors pour juger de la conduite à tenir à l'occasion.

Dans le coin de la cheminée, Mille-Acres et sa femme se tenaient l'air sombre et lugubre en proie à des pensées qui ne me paraissaient point rassurantes. A quelque distance de la porte, deux ou trois des fils du Squatter, causaient entre eux tout en surveillant du coin de l'œil ce qui se passait dans l'intérieur du bâtiment. Aucun ne parût s'apercevoir de ma présence et j'allais pousser mes investigations plus loin quand je me sentis tiré par la manche. Je me détournai. C'était Laviny.

— Ne sortez pas, me dit-elle. Tobit est comme fou. Il vient de jurer que le même tombeau vous renfermerait, vous, le porte-chaîne et Ursule. Il dit que les morts seuls ne parlent pas. Jamais je ne l'ai vu dans un pareil état.

Et me quittant rapidement, Laviny alla se placer à côté d'Ursule et se mettre à sa disposition.

J'allais me glisser le long du mur quand la voix d'un des fils du Squatter me prévint que si je m'éloignais encore il tirerait. J'étais donc surveillé. Je répondis que je ne songeais nullement à m'évader, que j'étais sorti un instant pour prendre l'air et que, si on n'y voyait point d'inconvénient, mon seul désir était de me promener en long et en large pendant quelques minutes. Cette autorisation me fut facilement accordée.

Je me promenais ainsi, de la maison au groupe des squatters, et, à chaque tour, je regardais par la porte Ursule, toujours assise au chevet de son oncle. Mais quand je m'approchais des jeunes gens ils suspendaient leur conversation.

Insensiblement j'élargis le cercle de mes excursions, tantôt sur la droite, tantôt sur la gauche.

Au cours de l'une de ces excursions, j'entendis, près de moi un léger sifflement. Il y avait là un tronc d'arbre et c'est de son pied que le son semblait sortir. Je crus à la présence de quelque serpent, mais une voix basse, que je reconnus pour celle de Susquesus se fit entendre.

— Pourquoi ne pas vous arrêter à cet arbre. J'ai à vous parler.

— Attendez, répondis-je, au prochain tour.

Et continuant ma marche, je refis une seconde fois le trajet.

Cette fois je m'arrêtai contre le tronc d'arbre.

— Comment êtes-vous ici, Susquesus. Etes-vous armé ?

— Oui, bonne carabine. Celle du porte-chaîne. Il n'en a plus besoin maintenant.

— Vous savez donc ce qui est arrivé.

— Oui, et c'est mal agi. Une chevelure vengera cela. Son meurtrier sera tué.

— Chassez ces idées, Susquesus, qui vous a délivré ?

— Jaap le nègre. Il a brisé la porte et m'a donné une carabine. Que n'est-il venu plutôt. Le porte-chaîne n'aurait pas été tué.

Je jugeai prudent de faire une nouvelle promenade.

Au retour la conversation continua, et Susquesus me raconta comment Jaap avait enfoncé la porte, ajoutant que depuis longtemps, il errait partout pour me trouver.

J'aperçus à ce moment Tobit qui s'avançait vers le groupe de ses frères. Craignant quelqu'outrage je rentrai dans la maison et, à voix basse, je priai Mille-Acres d'envoyer un messager à Ravensnest pour ramener un médecin, mais toutes mes supplications furent inutiles.

Il refusa froidement.

A ce moment des cris énergiques retentirent autour de l'habitation et une vive fusillade éclata.

Je me précipitai vers la porte, mais je ne vis rien tant l'obscurité était épaisse. J'entendis seulement des pas d'hommes qui semblaient courir dans toutes les directions et, de temps en temps, un coup de fusil.

Des voix s'appelaient avec énergie, dans la chaleur d'une poursuite et d'une lutte, dont le bruit s'éloignait.

Tout à coup un homme accourut et me saisit la main. C'était Franck Malbone.

— Ursule ? questionna-t-il.

— Elle est auprès de son oncle mourant. Y a-t-il quelqu'un de blessé dehors ?...

— Je ne le crois pas. Jaap nous a servi de guide. Avec trente hommes nous allions cerner les Squatters et les faire tous prisonniers quand un coup de carabine est parti de derrière un tronc d'arbre. Nos ennemis ont répondu par une décharge générale et ont pris la fuite. Si nous avions mieux connu la direction nous arrivions plusieurs heures plus tôt.

Hélas ! Ces quelques heures auraient sauvé le porte-chaîne.

Ursule, dès qu'elle vit son frère se jeta dans ses bras et le conduisit auprès du lit de leur oncle qui, éveillé par ces cris et ces coups de fusil, s'inquiétait. La vue de Malbone lui révéla ce qui avait du se passer.

— Qu'y a-t-il Mordaunt ?... Va-t-on se battre pour une vieille carcasse comme la mienne. Y a-t-il des blessés ?...

— Personne, André. C'est Franck Malbone qui nous amène un détachement.

— Dieu soit loué. Je suis content de vous voir. Franck, avant de mourir, pour vous dire adieu et confier votre sœur à vos soins. Croiriez-vous, Franck, que ces gens-là voulaient faire épouser Ursule par l'un des leurs, pour cimenter la paix ? Oh ! ce sont des misérables qui ne respectent rien. Mais écoutez, Franck, maintenant qu'Ursule vient de s'éloigner pour pleurer plus à son aise, il faut que je vous dise. Mordaunt Littlepage veut épouser Ursule. Mais il a des parents qui ne seraient peut-être point flattés de cette union. Et il faut que l'honneur des Coejemans et des Malbone reste intact et il ne faudrait pas laisser cette enfant entrer dans une famille qui ne se soucierait pas d'elle.

J'allais protester de toutes mes forces contre ces paroles quand un sourd gémissement, qui semblait partir du fond même de la poitrine du vieux Squatter, nous fit tous tressaillir.

Nous tournâmes la tête du côté de la cheminée. La chaise de Prudence était vide. Mais Mille-Acres toujours assis à la même place était affaissé sur lui-même, son menton retombant sur sa poitrine... Près de lui des traces de sang se voyaient sur le sol. Je m'avançai et je vis qu'une balle lui avait traversé le corps, trois lignes seulement au-dessus des hanches.

Il avait dû être atteint par un des premiers coups de fusil tirés. Il était le seul qui eût été blessé à notre connaissance bien que le bruit courut que Tobit avait eu une jambe cassée et qu'il était estropié pour sa vie, chose probablement exacte car Jaap, quand tout fut fini, m'affirma qu'il avait vu s'enfuir un homme qui avait tiré sur lui, que cet homme était tombé, qu'il l'avait vu faire de vains efforts pour se relever et qu'il avait été emporté par deux de ses compagnons. Du reste on ne revit plus ces squatters. Seule Laviny était restée près d'Ursule.

On ne sut jamais, d'une façon positive, de quelle manière Mille-Acres avait été frappé.

C'était, sans aucun doute, à travers la porte ouverte, dans le premier moment du tumulte. J'ai toujours soupçonné Susquesus d'être l'auteur de cette vengeance à l'indienne, mais je n'en eus jamais certitude et l'Onondago garda toujours son secret.

On avait préparé un lit pour Mille-Acres, dans la même chambre que celle où se trouvait André et un homme avait été dépêché en toute hâte à Ravensnest pour ramener un médecin.

Tout à coup une voix rauque retentit et la vieille Prudence se précipita, croyant son mari prisonnier mais ne se doutant pas qu'il était blessé à mort.

Quand elle eut vu ses traits livides elle comprit et éclata en imprécations, réclamant justice et vengeance.

Un mouvement et un soupir de Mille-Acres lui fit cesser ses paintes et elle se mit à lui prodiguer mille soins délicats et empressés.

Je sortis alors laissant Franck Malbone en sentinelle à quelques pas devant la porte et j'allai dans la hutte que l'on avait réservée pour le magistrat, Franck Malbone et moi. Les autres huttes étaient occupées par les hommes du détachement qui s'y reposaient.

Newcome s'empressa auprès de moi, me disant qu'il avait eu vent que des squatters s'étaient établis de ce côté mais qu'il ne l'avait point cru et n'avait point jugé à propos de m'en parler.

Je lui laissai entendre que je savais tout et il en parut accablé.

Après je causai quelques moments avec Susquesus qui, entre autres paroles, me dit celles-ci, fort caractéristiques en cette occasion.

— Si le Squatter a tué l'arpenteur il devait bien penser que l'ami de l'arpenteur tuerait le Squatter.

Puis je retournai rejoindre Franck Malbone. A la distance où il s'était placé on apercevait, très distinctement ce qui se passait dans la maison.

Ursule était assise auprès du lit de son oncle, Prudence auprès de celui de son mari. C'était un spectacle étrange de voir ces deux vieillards, à peu près du même âge tous deux, tous deux bien portants et dont, bien avant le temps, la vie avait été tranchée par un meurtre.

Franck Malbone me raconta rapidement comment il s'était rendu à Ravensnest chercher du renfort. Là, il avait écrit à mon père tout ce qui se passait et avait confié sa lettre à un messager avec ordre d'aller jusqu'à Fishkill, où toute ma famille se trouvait réunie chez ma sœur mistress Kettletas. Ce messager devait, à l'heure actuelle avoir atteint sa destination et je pensais aussitôt que mon père et ma famille allaient accourir à Ravensuest et que j'allais les y trouver à mon retour. J'appréhendais de cette rencontre hâtive car j'avais espéré avoir le temps nécessaire de les entretenir relativement à mon projet de mariage avec Ursule.

Mais il fallait avec toutes ces conséquences, accepter le fait accompli qui sait si miss Bayard ne seconderait pas mes projets.

Quand Franck eut remplacé sa sœur au chevet de son oncle, je me promenai quelques instants avec Ursule et je lui fis part de ce que je venais d'apprendre.

— Ah ! dit-elle, que vont-ils dire de moi ? Ne vont-ils point me trouver trop sauvage.

— Moi, je n'ai qu'une crainte, lui répondis-je. C'est que, vous connaissant, ils vous aiment plus que moi et que vous ne me dérobiez un peu de leur affection. Vous êtes si séduisante, Ursule !

Quand nous rentrâmes dans la cabane une scène touchante se passait. Prudence priait Ursule qui venait de réciter pour son oncle les prières d'usage, d'en faire autant pour son mari et Ursule, s'agenouillant, pria près du lit de Mille-Acres.

Nous ne pûmes rester insensibles à ce spectacle et tous quatre, Prudence, Laviny, Franck et moi, mêlâmes nos prières à celles de miss Malbone.

CHAPITRE XXV

Réconciliés dans la mort. — Touchants entretiens. — Les funérailles

La nuit se passa sans incidents.

Les deux blessés sommeillaient la plupart du temps et il n'y avait autre chose à faire pour les soulager que d'humecter de temps en temps leurs lèvres.

Je parvins à obtenir d'Ursule qu'elle se jetât durant quelques instants sur le lit de Laviny pour tâcher d'y goûter un repos bien gagné et j'eus le plaisir de lui entendre dire le lendemain que la fatigue avait vaincu le chagrin et qu'elle avait pu dormir quelque peu.

Prudence, l'œil sec, l'air sombre, mais atterrée au fond du cœur, du coup subit qui venait de frapper sa famille, passa toute la nuit à la même place, ne perdant pas un seul des mouvements de son mari.

Son attachement pour Mille-Acres ne se démentit pas une minute.

Que cette nuit me parut longue et cruelle !

Bien avant le jour l'écuyer Newcome était parti, fort inquiet sur la connaissance que je pouvais avoir de ses rapports véritables avec les squatters. Il allait, m'avait-il dit, réunir un jury. Jason Newcome cumulait en sa personne toutes les fonctions possibles : juge de paix, coroner, avocat, marchand de bois, aubergiste et, par dessus tout, se disant haut l'ami du peuple, le défenseur intrépide de ses droits, afin de pouvoir, ce qu'il ne manquait jamais, mieux le tromper à son profit.

A peine m'avait-il quitté que le nègre Jaap vint nous chercher, moi et Frank.

A mesure que la journée avançait, le porte-chaîne et le Squatter semblaient sortir de leur état de torpeur et commençaient à se rendre compte de tout ce qui se passait autour d'eux.

— Mon oncle a repris tous ses sens, dit Ursule accourue au-devant de nous. Il vous demande l'un et l'autre, vous surtout, Mordaunt, dont il a prononcé le nom à trois reprises différentes depuis cinq minutes. Il semble pressentir sa fin prochaine.

— La mort, presque toujours, nous laisse sentir son approche, chère Ursule. Je vais m'approcher de son lit, de façon qu'il sache que je suis là. Il jugera, de lui-même, s'il est en état de parler.

Le son de la voix du porte-chaîne, qui parlait bas, mais distinctement, frappa alors nos oreilles et nous nous arrêtâmes pour écouter.

— Mille-Acres, disait le vieil André. Dites-moi si vous m'entendez et si vous êtes en état de me répondre. Nous allons partir pour un très long voyage et il serait déraisonnable de nous mettre en route le cœur chargé de mauvaises pensées ou de haine à l'égard l'un de l'autre. Repentez-vous. C'est d'après nos actions que nous serons jugés.

— Répondez-lui Aaron, appuya Prudence. Le porte-chaîne est un brave homme, au fond et il nous a point fait de mal volontairement. Pour la première fois depuis qu'il avait reçu sa blessure, le squatter parla, avec une grande fermeté de voix, qui au premier moment me fit croire qu'il n'était point aussi bas que je l'avais supposé.

— S'il n'y avait point de porte-chaîne, grommela le squatter, il n'y aurait ni bornes, ni limites. Le seul droit de la possession serait reconnu de tous, je ne serais pas étendu ici, prêt à rendre le dernier soupir et lui non plus.

— Il faut pardonner Aaron gémit Prudence. C'est la loi de Dieu de pardonner à tous ses ennemis !

— Mille-Acres ferait mieux de demander à Dieu de lui pardonner, à lui-même. Mais s'il me pardonne, je lui rends la pareille avec plaisir.

— J'espère et je crois, murmura encore Mille-Acres que dans le monde où nous allons, il n'y aura ni loi, ni procureur.

— Erreur, Aaron. Là bas c'est toute loi, toute justice, toute équité.

— Oh ! je mourrais tranquille si vous vouliez convenir cependant qu'un homme qui abat un arbre, le taille ou le scie, y acquiert une sorte de droit. Est-ce que l'on peut savoir. Est-ce que les meilleurs calculs ne se trouvent point déjoués ! Je me croyais bien sûr, il y a trois heures, d'envoyer à Albany tout le bois que nous avions préparé. Eh ! bien, voilà les garçons dispersés, peut-être pour ne jamais revenir en cet endroit ; les filles sont dans la forêt à courir avec les daims, les planches sont dans les griffes des gens de loi. Et voilà que moi, je meurs ici !..

— Ne pensez plus aux planches, mon homme, dit gravement Prudence.

— Non, Mille-Acres, non ne pensez plus à tout cela. Nous avons peu d'heures encore à vivre. Réglons nos comptes et le mieux possible. Prenez courage, camarade. Si la vieille Prudence ne connait pas assez sa Bible pour prier convenablement pour votre âme, adressez-vous à ma nièce que voici. Essayez. A mesure que vos forces s'affaibliront, vous sentirez croître votre courage et vos espérances.

Mille-Acres tourna la tête du côté d'Ursule et attacha sur elle un long regard suppliant.

Nous comprîmes ce qui allait se passer et, faisant signe à Franck, nous sortîmes fermant la porte derrière nous.

Les deux heures que nous restâmes dans la clairière furent occupées à remercier les hommes qui étaient venus nous prêter main-forte. Nous apprîmes aussi que Susquesus et Jaap étaient partis ensemble en reconnaissance pour s'assurer du départ définitif des squatters, de crainte que Tobit et ses frères ne nous dressent, à l'improviste, quelqu'embûche.

Quand nous fûmes de retour à la maison de Mille-Acres, Laviny accourait à notre rencontre nous dire qu'on nous demandait.

Quand j'entrai je vis que les prières d'Ursule avaient porté leurs fruits. Prudence paraissait consolée et Mille-Acres calmé.

— Venez ici Mordaunt, mon garçon ; vous aussi, Ursule, mon enfant, nous dit le porte-chaîne. Vous vous aimez soyez heureux, c'est mon vœu le plus cher, mais promettez-moi tous deux de ne jamais vous marier sans le libre consentement du général et des deux dames Littlepage.

— Je vous le promets mon oncle ! dit Ursule.

— Maintenant je vais prendre congé de vous mes enfants. Que vous vous mariez ou non j'appelle sur vous les bénédictions du tout puissant ! Nous nous retrouverons plus tard dans les régions du ciel.

A cette bénédiction succéda un silence solennel qui fut interrompu par un gémissement terrible. C'était Mille-Acres qui entrait en agonie. Sa fin fut terrible.

Je fis aussitôt transporter son cadavre dans une autre hutte où Prudence et Laviny le veillèrent toute la nuit.

Parmi les hommes qui étaient venus avec le magistrat se trouvaient quelques charpentiers qui préparèrent aussitôt un cercueil dans lequel on le plaça.

André conserva sa connaissance plusieurs heures encore, mais il allait s'affaiblissant de plus en plus. Le lendemain au matin sa fin fut calme. Ses derniers mots qui étaient des bénédictions pour nous et des souvenirs pour ceux de ma famille qu'il avait connus, s'éteignirent avec son dernier souffle.

Dans la soirée le corps de Mille-Acres fut enterré dans la clairière même, au milieu de ces plaines grossières où il avait fait quelques essais de culture.

Prudence que j'autorisai à emporter tout ce qu'elle désirait, partit rejoindre ses enfants, en nous remerciant et Laviny qui s'était prise d'une belle passion pour Ursule demanda de rester avec elle pour la servir, ce qui lui fut facilement accordé.

Le lendemain nous fîmes nos apprêts pour quitter la clairière abandonnée. Des dispositions furent prises pour transporter le corps du porte-chaîne à Ravensnest.

Ursule prit les devants avec Laviny, accompagnée de son frère.

Nous fîmes une halte aux huttes du porte-chaîne où nous passâmes la nuit.

A la pointe du jour notre lugubre cortège se remit en marche. Ursule et Franck nous précédèrent encore ; ils arrivèrent à Ravensnest une heure avant le dîner ; mais ceux qui escortaient le corps ne pouvaient aller aussi vite et le soleil allait se coucher quand la maison parut à nos yeux.

En approchant je vis un certain nombre de chariots et de chevaux dans le verger qui s'étendait à l'entour.

Je crus d'abord que c'étaient les fermiers qui s'étaient réunis pour rendre un dernier hommage au porte-chaîne, mais la vérité ne tarda pas à m'être révélée. Quelques pas plus loin j'aperçus mes chers parents en personne, le colonel Follock, Katt, Priscilla Bayard et son frère Thomas et jusqu'à ma sœur aînée Kettletas. Par derrière accourait ma vieille et respectable grand-mère elle-même.

Ainsi se trouvait rassemblée presque toute la famille Littlepage avec quelques bons et intimes amis. Franck Malbone était avec eux, et sans doute il leur avait raconté ce qui s'était déjà passé de sorte qu'on ne fut pas surpris de voir paraître notre triste cortège.

Je m'expliquai facilement de mon côté, ce qui avait du se passer. A la réception du message de Frank tout le monde s'était mis en route.

Kate me dit ensuite que la marche du cortège était vraiment imposante, lorsque nous arrivâmes à la maison.

En avant marchaient Susquesus et Jaap, l'un et l'autre armés ; les porteurs venaient ensuite, avec les hommes de l'escorte, rangés deux par deux, la carabine sur l'épaule. C'était moi qui conduisais le deuil et les pauvres esclaves du porte-chaîne suivaient le corps de leur maître, portant sa boussole, ses chaînes et les autres emblèmes de sa profession.

Nous passâmes sans nous arrêter au milieu de la foule rassemblée sur la pelouse ; nous entrâmes et ce ne fut que lorsque nous fûmes arrivés au milieu de la cour que le cercueil fut déposé un instant.

Comme toutes les dispositions avaient été prises d'avance, il ne restait plus qu'à procéder à l'enterrement. Je savais que le général Littlepage avait souvent présidé à des cérémonies semblables, et Thomas Bayard le pria de réciter les prières d'usage.

En une demi-heure tout était prêt et le cortège se remit en marche.

Le général Littlepage marchait devant le corps, un livre de prières à la main, précédé de Jaap et de Susquesus, ce dernier portant une torche de pin enflammée, car l'obscurité était profonde et d'autres personnes s'étaient également munies de ces flambeaux naturels, ce qui ajoutait à l'effet de la cérémonie.

Venaient ensuite le corps que suivait Ursule vêtue de noir des pieds à la tête et appuyée sur Frank.

Tous deux conduisaient le deuil et derrière

eux venaient Priscilla Bayard, son frère, et tous les habitants, hommes ou femmes de Ravensnest et des environs. Je venais derrière Tom et Priscilla et je sentis le bras de Kate qui venait se poser doucement sur le mien, comme pour m'exprimer tout le plaisir qu'elle éprouvait à me voir sain et sauf.

Le corps fut enterré dans le verger, à peu de distance de l'extrémité des rochers.

Jamais cérémonie funèbre ne m'avait paru plus imposante.

Quand tout fut terminé le cortège se réunit de nouveau pour accompagner Frank et Ursule jusqu'à la porte de la maison où elle entra seule; nous restâmes en dehors. Cependant Priscilla Bayard se glissa après son amie ; et à la clarté du feu de la cheminée, je les vis, par la fenêtre du parloir, entrelacées dans les bras l'une de l'autre. Un instant après, elles se retirèrent dans la petite chambre qu'Ursule avait choisie pour elle.

Je pus alors m'occuper enfin de mes chers parents, car je ne leur avais point encore adressé la parole, ne voulant pas avoir à me reprocher de m'être accordé cette jouissance avant d'avoir rendu les derniers devoirs à mon vieil ami.

Je me jetai dans les bras de ma mère qui m'embrassa longuement, de même que mes sœurs, ma grand-mère et ma tante Mary. Le colonel Follock me serra la main.

Le souper nous réunit bientôt à table. Frank et Ursule n'y parurent pas et Priscilla Bayard tint compagnie à son amie. Nous ne les revîmes pas de la soirée.

Après le souper, je fus prié de raconter mes aventures.

J'étais à côté de ma bonne grand'mère qui, pendant mon récit, ne cessa de me tenir la main.

— Ah ! voilà bien ces Yankees ! s'écria le colonel Follock quand j'eus terminé. Ce Mille-Acres, Corny, eût prêché au besoin !

— Il y a de malhonnêtes gens partout, colonel, répondit mon père. L'existence des squatters tient à l'état même du pays. Quand des propriétés ne sont ni surveillées, ni gardées, on les respecte moins. Ce sont les circonstances qui font les squatters.

— Eh ! bien que j'en surprenne jamais un chez moi ! fit le colonel d'un ton menaçant.

— À propos, dis-je pour donner un autre cours à la conversation, j'ai oublié de vous raconter une anecdote intéressante et qui concerne quelqu'un que vous connaissez tous, l'écuyer Newcome.

Je leur fis alors le récit de la visite de M. Jason Newcome à la clairière de Mille-Acres et la substance de la conversation que j'avais entendue entre le squatter et cet intègre magistrat.

Mon père m'écouta tranquillement, mais le colonel grommela encore que tous ces Yankees se valaient ; que tous n'étaient que de damnés squatters et que si l'on n'y prenait garde, ils ne tarderaient pas à nous prendre toutes nos terres.

La discussion dura quelque temps encore entre le colonel et mon père qui affirmait que tous ne ressemblaient pas à Newcome, puis chacun alla se reposer, repos dont tout le monde avait le plus grand besoin après une journée si fertile en incidents et en émotions de tout genre.

CHAPITRE XXVI

Epilogue

Le lendemain la fatigue me retint au lit plus tard qu'à l'ordinaire.

Quand je descendis pour prendre un moment l'air avant de déjeuner, je vis, de loin, la tante Mary dont les yeux étaient fixés sur un ravin boisé qui lui rappelait de cruels souvenirs.

C'était là que son fiancé avait été tué il y avait près d'un quart de siècle, et elle revoyait ce lieu pour la première fois.

Respectant son émotion je dirigeai ma promenade d'un autre côté et je ne tardai pas à rencontrer mon père et ma mère qui se promenaient, bras dessus, bras dessous, parcourant ces lieux témoins de tant de scènes intéressantes de leur jeunesse.

— Nous parlions de vous, Mordaunt, me dit mon père. Votre domaine est très beau et, de jour en jour, sa valeur augmentera.

Comme, naturellement vous allez songer bientôt à vous marier, nous disions, votre mère et moi, que vous devriez vous construire ici une maison en bonnes pierres de taille et vivre dans vos terres.

— Mais ce n'est pas une petite entreprise que de construire un semblable édifice. Je manque d'argent pour une telle dépense.

— On vous aidera mon fils. Choisissez l'emplacement, jetez les fondations cet automne, faites préparer les bois, de façon qu'à Noël prochain, nous puissions venir pendre la crémaillère, dans votre nouvelle résidence et qu'alors vous puissiez vous marier.

— Supposeriez-vous donc, mon père, que je sois si pressé de me marier ?

Le général et ma mère se regardèrent en souriant. A ce moment survint ma grand-mère qui avait entendu mes dernières paroles.

— J'avoue, mon garçon, que vous ne seriez pas un Littlepage, si vous pouviez voir tous les jours une personne aussi charmante que celle qui est maintenant près de vous, sans tomber amoureux d'elle.

Mon parti fut bientôt pris. Je crus que, jamais,

je ne trouverais plus belle occasion de révéler mon secret.

— Eh bien, dis-je, je veux être franc avec vous. Mon désir, en effet, est de me marier, et de ne pas attendre, pour cela, que le nouveau manoir de Ravensnest soit élevé, mais je crois que nous ne nous entendons point sur le nom de la jeune personne charmante à laquelle mon cœur n'a pu rester insensible.

— Mais c'est Priscilla Bayard que vous aimez, n'est-ce pas ?...

— Non, ma bonne mère. Il ne s'agit point de Priscilla, que j'aime affectueusement, il est vrai, et qui, de son côté, ne me témoigne point une moins forte amitié. Elle-même aime quelqu'un et ce n'est pas moi.

— Expliquez-vous, Mordaunt, dit ma grand-mère.

A ce moment survint une interruption qui me dispensa de répondre immédiatement.

Nous étions au-dessous de l'une des meurtrières qui avaient été pratiquées dans les murs extérieurs et, de cette ouverture, sortirent soudainement les accents d'une douceur exquise, d'un hymne indien sur une plaintive mélodie écossaise.

En regardant du côté de la tombe du porte-chaîne je vis Susquesus qui était debout et je compris sous quelle impression Ursule s'était mise à chanter.

Tous, nous écoutâmes, partageant, malgré nous, l'émotion de la chanteuse, qui termina par un hymne anglais très court, mais plein de piété et d'espérance.

Les accents s'éteignirent bientôt et cette ravissante mélodie cessa.

— Au nom du ciel, Mordaunt, quelle est cette ravissante fauvette ? demanda mon père.

— C'est la personne qui a reçu ma foi, celle que j'épouserai, ou je ne me marierai jamais !

— C'est donc Ursule Malbone, dont Priscilla Bayard ne fait que me parler depuis un jour ou deux ? dit ma mère.

— Etes-vous lié avec cette jeune fille, Mordaunt ? demanda mon père d'un air grave.

— Ursule Malbone, par sa naissance, son éducation est au niveau des familles les plus distinguées, mon père, et nous ne pouvons que nous honorer de son alliance. Je lui ai offert ma main et j'ai été accepté sous condition : le consentement plein et entier de toute ma famille. Elle m'aime et me donnerait sa main avec joie, mais seulement si elle était sûre de vous plaire.

— C'est une preuve que cette jeune fille a des principes, fit mon père, — mais qui vient là ?...

C'était Frank Malbone donnant le bras à Priscilla Bayard. Ils étaient si occupés à ce qu'ils se disaient l'un et l'autre qu'ils ne voyaient pas qu'ils n'étaient point seuls.

— Tenez, mes chers parents, dis-je avec intention. Voilà la preuve que miss Priscilla pense à tout autre que moi.

— N'est-ce point l'aide de l'arpenteur, Gorny? s'écria ma grand-mère.

— C'est lui, dit le général. Et c'est un charmant jeune homme, je vous assure. Je lui ai parlé hier et je l'ai apprécié.

— Voici Kate, ajoutai-je. Elle sait, certainement quelque chose. Interrogez-la, grand-mère ?

C'était ma sœur en effet. Elle débusquait de derrière l'angle du bâtiment.

— Chère Kate, dit ma grand-mère, n'est-ce point Priscilla qui, là-bas, se promène avec M. Franck ?

— Oui, grand-maman.

— Et pourriez-vous m'expliquer ce que cela signifie, chère enfant ?...

— Cela m'est facile, grand-mère, si toutefois Mordaunt y consent.

— Oh ! vous pouvez parler, Kate.

— Eh ! bien, voici : Ce jeune homme, M. Francis Malbone, est le fiancé de Priscilla. Ils se connaissent depuis de longues années. M. Bayard, le père, s'était jusqu'à ce jour, opposé à ce mariage, étant donné leur manque de fortune à tous deux, mais Priscilla vient d'hériter, du côté de sa marraine, d'une somme importante, M. Malbone, de son côté, se trouve être le proche héritier d'un vieux parent qui est très riche et, cette fois, le mariage est décidé.

— Vous voyez, m'écriai-je que miss Bayard se consolera facilement d'apprendre que j'aime Ursule ?...

— Oh ! répondit Kate, Anneke et moi ne pouvons qu'approuver ce choix. Ursule est charmante.

La conclusion de cet entretien fut que mes parents me demandèrent de bien vouloir leur accorder quelque temps de réflexion, ne serait-ce que pour faire plus ample connaissance avec ma fiancée.

Au déjeuner qui suivit, Ursule sut, malgré sa tristesse, montrer les brillantes qualités dont elle était ornée et conquit tout le monde.

Une heure ou deux après le repas, mon excellente grand'mère vint me trouver et, m'emmenant à part, me dit :

— Il est grand temps, Mordaunt, de présenter vos hommages à miss Malbone. Elle me paraît être une jeune fille accomplie. Croyez-moi, épousez-la.

J'ai suivi ses conseils. N'était-ce point, depuis longtemps, mon plus grand désir ?

Le mariage eut lieu, deux mois, jour pour jour, après les funérailles du porte-chaîne.

Quelques mois après nous quittions Ravensnest pour Lilacsbush et j'eus le plaisir de voir Ursule faire son entrée dans le monde, avec un succès complet.

Cependant, avant de quitter la concession, tous mes plans avaient été faits pour la construction de la maison dont mon père avait parlé. Les fondations eurent lieu dans la saison même et, l'année suivante, nous y célébrâmes les fêtes de Noël : Ursule alors m'avait rendu père d'un beau garçon.

Ai-je besoin d'ajouter que Franck et Priscilla, Thomas et Catherine, se marièrent très peu de temps après nous et que ces unions furent parfaitement heureuses ?

Un oncle de Franck Malbone étant venu à mourir lui laissa une certaine fortune dont j'eus toutes les peines du monde à refuser sa partage qu'il voulait forcer Ursule à accepter.

Nous étions suffisamment riches d'autant plus que l'accroissement rapide de New-York venait de donner une immense valeur aux propriétés que nous y possédions.

Jaap et Susquesus vivent toujours. Ils demeurent à Ravensnest.

Laviny qui continua de rester avec nous épousa l'un de nos fermiers et vit heureuse et estimée.

L'écuyer Newcome, vécut jusqu'à un âge très avancé et il n'est mort que tout récemment. Malgré toutes ses ruses et toutes ses friponneries il mourut pauvre. Et il a laissé des fils qui lui ressemblent au moral comme au physique.

Que dirai-je encore ? J'ai fait élever un monument convenable sur la tombe du vieil André et mes enfants vont souvent lire et commenter l'inscription simple qui s'y trouve et ils ne parlent qu'avec respect de leur oncle « le porte-chaîne » (1).

FIN

(1) Lire la suite dans *Indiens et Peaux-Rouges.*

TABLE DES MATIÈRES

Grande Imprimerie de Troyes, 126, rue Thiers

ŒUVRES DE FENIMORE COOPER

Le Corsaire Rouge . . . . 2 vol.
Le dernier des Mohicans . . . . 2 vol.
La Longue-Carabine . . . . 2 vol.
La Fille du Sergent (Le Lac Ontario) . . . . 2 vol.
Rosée-de-Juin . . . . 2 vol.
Bas-de-Cuir . . . . 2 vol.
La Prairie . . . . 2 vol.
Le Vieux Trappeur . . . . 2 vol.
Le Tueur de Daims . . . . 3 vol.
Œil-de-Faucon . . . . 2 vol.
Le Cratère ou les Robinsons Américains . . . . 2 vol.
L'Espion . . . . 2 vol.
Aventures d'un Capitaine Américain . . . . 2 vol.
A Bord et à Terre . . . . 2 vol.
Un Cousin d'Amérique . . . . 2 vol.
Les Chasseurs de Phoques . . . . 1 vol.
Dans les Glaces du Sud . . . . 1 vol.
L'Orteil de Satan . . . . 1 vol.
L'Indien Sans-Traces . . . . 1 vol.

J.-B. WYSS

Le Robinson Suisse . . . . 2 vol.

www.ingramcontent.com/pod-product-compliance
Ingram Content Group UK Ltd.
Pitfield, Milton Keynes, MK11 3LW, UK
UKHW021106220726
13924UKWH00004B/1534

9 782019 920333